AF297840

ALCIDONIS,

OU

LA JOURNÉE

LACÉDÉMONIENE.

COMÉDIE EN TROIS ACTES,

AVEC INTERMEDES.

Prix, 30 sols.

A PARIS,

Chez LACOMBE, Libraire, Quai de Conti.

M. D. CC. LXVIII.

Avec Approbation, & Permission du Roi.

PERSONNAGES.

ELATÉS, *premier Ephore de Sparte.*

EUCRATÉS, *Spartiate.*

ALCIDONIS, *Athénien.*

FRONTON,
DAVE. } *Esclaves.*

EUPOLIE, *femme d'Elatès.*

GLICERIE, *Amante d'Alcidonis.*

NERINE, *Affranchie de Glicérie.*

La Scène est dans la place de Sparte, qui n'est ornée que d'arbres & entourée de cabanes ; celle d'Elatès est d'un côté de la place, celle d'Eucratès de l'autre.

On doit voir dans le fond le fleuve Eurotas.

Dans cette Pièce, les mœurs de Lacédémone sont peints d'après Plutarque, dans la vie de Licurgue & ailleurs.

ALCIDONIS,

OU
LA JOURNÉE
LACÉDÉMONIENE.

ACTE I.

SCENE PREMIERE.

ALCIDONIS, DAVE.

ALCIDONIS.

C'EST ici que nous devons la trouver, si le
Patron du Navire ne nous a point trompé..,.
Dave, que je suis troublé!.. Doute cruel! éclair-
cissement redoutable!.... Dieux, quel mystere

vais-je pénétrer !.. Ah ! Glicérie, pourquoi me fuir ? pourquoi vous échapper d'Athènes avec tant de précipitation !... Que cherchez-vous à Lacédémone ?... Quel peut être le sens de ce billet fatal [*Il tire le billet de son sein*] si souvent arrofé de mes larmes ? [*il lit.*] » Je pars, » Alcidonis, le devoir m'appelle : peut-être me » condamnera-t-il à ne plus vous voir : oubliez, » s'il se peut, la malheureuse Glicérie, qui ne » vous oubliera jamais, vivez heureux sans elle, » puisque le fort n'a pas voulu qu'elle fût à » vous. « Elle m'aimoit, Dave, sa belle bouche ne m'en avoit jamais fait l'aveu ; mais j'avois ofé le deviner dans fes regards. Sa main me le confirme, & la cruelle fe dérobe hélas, peut-être pour toujours à ma vue... [*il relit.*] » Le fort » n'a pas voulu qu'elle fût à moi ? « Par quelle Loi fatale s'oppofe-t-il donc à mon bonheur ?... Veuve du Philofophe Arifte, maîtreffe d'elle-même & d'une fortune, dont je n'ai que faire, qui peut l'empécher de me donner fa main, s'il eft vrai qu'elle m'ait donné fon cœur ?... Non, Dave, non, je ne puis plus vivre dans cette cruelle incertitude ; les vents & les matelots ont fervi mon impatience, elle n'eft arrivée qu'à l'entrée de la nuit avec Nérine, fon affranchie, c'eft ici qu'on l'a conduite... Je veux diffiper ces ténebres. Je veux la voir, connoître tout mon malheur & mourir s'il le faut … L'aurore se leve à peine, j'ignore laquelle de ces maifons elle habite, nul mortel ne paroît encore, tout confpire à redoubler mon inquiétude !

DAVE.

Voilà comme la jeuneffe prend toujours plaifir à fe tourmenter elle-même … Vous commencez par vous défefpérer fans favoir pourquoi…. Vous aimez Glicérie, elle vous aime, cela n'eft pas malheureux ; elle vous fuit, & vous allez la rejoindre, autre bonheur.

ALCIDONIS.

Mais ce voyage à Lacédémone, cette lettre, cet adieu barbare, … conçois-tu ?

DAVE.

Moi, Seigneur, que je comprenne ! & par quel art, s'il vous plaît ? Les femmes ne font-elles pas toutes des énigmes inexplicables ? Nos Athéniennes fur-tout en favent fi long … Qui peut deviner tous leurs manéges ?…. Cependant, fi j'ofois dire mon avis….

ALCIDONIS.

Eh bien !

DAVE.

Vous êtes noble, jeune, riche, aimable : Gli-

cérie eſt veuve, ~~un peu plus âgée que vous~~,
~~d'une fortune médiocre~~ , d'une naiſſance obſ-
~~cure~~... On vous voit amoureux, fou ; on n'eſt
pas fâché d'achever de vous tourner la tête ; on
fait ſemblant de fuir, mais un petit billet vous
inſtruit du départ... On ne vous dit pas mal-
adroitement, nous allons à Sparte, mais on s'em-
barque à la vûe de tout le monde dans un vaiſ-
ſeau Lacédémonien. Vous le ſçavez une heure
après, vous faites appareiller un autre navire,
nous forçons de voiles, vous arrivez preſque en
même-temps,... ma foi l'intrigue n'eſt pas mal
conduite ; & ſans être un habile homme ... j'en
devine déja le dénouement... Par Hercule...
qu'elle eſt ruſée !

ALCIDONIS.

Quelles idées ! quels ſoupçons injurieux !...
eſclave, qu'on apprenne à reſpecter.

DAVE, *ſérieuſement & affectant le
reſpect.*

Seigneur, tout ce qu'il vous plaira ... je n'ai
pas encore l'honneur de connoître l'ame de votre Glicérie ; tout ce que j'en ſçais, c'eſt que c'eſt
un joli minois, & votre Maître le Philoſophe
Ariſte, étoit, ma foi, bien lotti pour un homme
de ſa forte ... Malepeſte, il en ſçavoit plus long

fur ce chapitre que feu Socrate ... La taille ma-
jeftueufe ... un air de douceur & de dignité ...,
des yeux! ..

ALCIDONIS.

Mais tu ne l'as point vue depuis que tu m'appartiens.

DAVE.

Non, Seigneur, vous ne m'avez acheté que
la veille de fon départ & du nôtre; mais j'ai tant
fervi de nos jeunes Philofophes, difciples comme
vous du bon homme Arifte : vous n'étiez pas le
feul qui fiffiez plus d'attention aux charmes de
l'époufe, qu'aux leçons du Maître ; & moi qui
fus toujours honoré de la confidence de mes
Patrons , j'en entendois réciter cent merveilles.
Ma foi , foit dit fans vous flatter, tout le monde
s'accordoit pour dire qu'elle eft auffi fage que
belle. J'ai eu le bonheur d'appartenir aux plus
grands fanfarons d'Athènes, aux plus-intrépides
fabricateurs de chroniques fcandaleufes... jamais leur langue médifante ne s'eft égayée fur
le compte de votre Glicérie. J'ai bonne mémoire; d'ailleurs, en homme d'ordre, j'ai mon
catalogue de femmes affichées , ou qui méritent
de l'être, ... Orné de mille petites anecdotes
charmantes; quelque jour, Seigneur, vous pour-
rez vous en amufer ... J'en ai tant vu depuis que

j'ai l'avantage d'être auſſi moi, ſans vanité, un de nos eſclaves à la mode.

ALCIDONIS.

Oui ! & d'où te vient donc cette célébrité ?

DAVE.

Oh ! vous le ſçavez bien, vous ne m'auriez pas acheté ſi cher à la mort de mon dernier Maître.

ALCIDONIS.

On m'a vanté ton eſprit, ton adreſſe, ta gaieté. Mais pourquoi tant de Maîtres ? Ce changement eſt ſuſpect, on garde un bon Eſclave, & pour prix d'un long ſervice, on lui donne la liberté.

DAVE.

Bon pour vos Ancêtres, Seigneur, mais à préſent c'eſt toute autre choſe. L'aimable No-bleſſe Athénienne ſe dépêche de vivre. Nos Laïs, nos Phrinés, le vin de Chio, les veilles, les plaiſirs de toutes ſortes, vous les expédient avant leur ſixiéme olympiade. Ils ne laiſſent après eux ni héritiers ni héritage, c'eſt la régle. Mais en récompenſe force Eſclaves très-leſtes, des meubles charmans, des bijoux du dernier goût, & beaucoup de créanciers qui font tout vendre. Un autre Elégant nous achete pour ap-prendre de nous à ſe ruiner & à ſe tuer délicieusement. Tel est, Seigneur, mon histoire & celle des Philosophes du bel air que j'ai eu le bonheur de servir, nouvellement échappés comme vous de l'Ecole du vieil Ariste.

ALCIDONIS.

Ils te parloient des charmes & de la vertu de Glicérie ?

DAVE.

Oui, Seigneur, & tous sur le même ton... c'étoit de l'enthousiasme.

ALCIDONIS.

Où donc avois-tu pris cette idée qui vient de révolter ma délicatesse ?

DAVE.

Ma foi, Seigneur, dans Athènes on ne peut pas servir longtemps les hommes à la mode, sans connoître beaucoup de jolies femmes, & plus on connoît ces *êtres*-là, plus on apprend à s'en défier. Il n'est rien de tel que nous autres Esclaves, confidens des bonnes fortunes, pour *percer à jour* les coquettes, les prudes, les femmes habiles, les Philosophes mêmes ; nous ne sommes duppes ni des déhors, ni des grimaces, ni de l'étalage des beaux sentimens ; on sait la valeur intrinséque de toute cette monnoie-là... Je crois à présent, puisque vous le voulez, que le ciel

a fait exprès pour Arifte & pour vous une efpèce
de prodige … Mais je n'étois pas obligé de le
deviner. D'ailleurs j'ai vû tant d'honnêtes femmes
prétendues en jouer le jeu comme elle en public,
mais dans le fecret …

ALCIDONIS.

Trève à ces difcours, & que jamais de pareilles comparaifons …

DAVE.

Brifons-là, Seigneur, ne parlons plus d'A-
thènes; vous voilà dans Lacédémone, que ne
vous occupez-vous en attendant que quelqu'un
vienne à contempler les magnificences de cette
Ville, qui fe vante d'être la premiere de la Gréce?
Que dites-vous de cette Place & de ces Palais?
Par Hercule! chez moi, fi le plus chétif Village
reffembloit à cette capitale, fes Habitans en rou-
giroient de honte.

ALCIDONIS.

Chez toi des Efclaves naiffent dans leurs Palais, ici des hommes libres dans leurs cabannes.

DAVE.

Mais votre Athènes n'a-t-elle pas confervé
fa liberté? Les plaifirs & les arts y règnent encore plus que dans notre Afie, & vous n'en êtes

pas moins les rivaux de la Puiſſance Spartiate.

ALCIDONIS.

D'autres lieux, d'autres loix, d'autres mœurs; peut-être notre luxe, nos ſpectacles, nos jeux, perdroient Lacédémone; peut-être les uſages des Spartiates nous rendroient trop farouches & totalement inſociables.

DAVE.

Encore paſſe pour celui-là... Philoſophe, comme vous êtes, j'entends Philoſophe raiſonnable (car il en eſt aujourd'hui parmi vous de toute eſpèce) un peu dépité contre le ſort, j'avois peur que vous n'allaſſiez prendre goût aux bizarreries de ce Peuple-ci & à leur vie ſauvage... Franchement, Seigneur, ſi vous vous accoutumiez au bain de l'Eurotas que voilà ſans doute, & à ce maudit ragoût qu'ils appellent la ſauce noire, je crois qu'il m'en couteroit fort pour me ſtiler au ſervice des Hilotes... autant vaudroit m'enterrer tout vif.... [*joignant les mains.*] ..: Dites-moi, là, bien vrai, mon cher Maître, je vous en conjure, par Neptune que vous avez invoqué tantôt de ſi bonne grace, & qui vous a ſi bien ſervi. Si votre Glicérie, veuve du ſage Ariſte, avoit pris une paſſion philoſophique pour Lacédémone, ne ſeriez-vous point tenté d'y demeurer avec elle & de vous faire Spartiate pour l'épouſer ?

ALCIDONIS.

Ne crains rien, elle eſt étrangere ici comme moi, leurs Loix ne nous permettent pas d'y vivre. Mais c'eſt-là ce qui m'inquiette. Quel motif a pû la conduire ici?

DAVE.

C'eſt-là préciſément ce qui doit vous raſſurer. Si votre Glicérie s'étoit envolée dans les murs d'Ephéſe, de Corinthe ou de Millet, vous auriez à craindre quelque rival dangereux; la femme la plus ſage a ſouvent bien de la peine à réſiſter au torrent de l'exemple dans ces Villes polies & délicieuſes, où règnent, comme dans Athè-nes, l'intérêt & la volupté, les deux grandes & ſuprêmes Divinités du beau monde. Mais à Spar-te, la coquette la plus décidée ſeroit obligée de devenir honnête en dépit d'elle-même; & jamais l'intérêt de votre amour.... mais quelqu'un vient... J'entends du bruit.

ALCIDONIS.

C'eſt à cette porte ... On ouvre...

SCENE II.

ALCIDONIS, DAVE, NERINE.

DAVE.

CHUT, c'eſt une femme... Ma foi ſa parure n'eſt pas d'un mauvais goût. Je n'aurois pas cru que les filles de Lacédémone....

ALCIDONIS, *avec tranſport.*

C'eſt Nérine... quel bonheur! mon enfant? Où eſt-elle? que fait-elle? pourquoi êtes - vous parties? où allez-vous? que deviendrai-je? Parle-donc, n'as-tu rien à m'apprendre?

NERINE.

Que je ſuis agréablement ſurpriſe! C'eſt vous, Seigneur Alcidonis! eh quel Dieu vous tranſporte ici?

ALCIDONIS, *avec précipitation.*

L'amour, ma chere Nérine. Mais Glicérie?...

NERINE.

Elle eſt dans cette maiſon chez le ſage Eucratès, l'ami du Philoſophe Ariſte, qui fut autrefois l'Ambaſſadeur de Sparte dans Athènes; nous arrivâmes hier au coucher du ſoleil, il faut que vous ayez fait, pour nous ſuivre, une diligence incroyable.

DAVE.

Oh! je t'en réponds, auffi fuis-je tout rompu du cahotement de la barque.

ALCIDONIS, *rêveur & inquiet.*

Mais Nérine, quel eft le motif de ce départ ?

NERINE.

J'ignore encore tous fes deffeins, vous favez qu'elle étoit affectée depuis longtems d'une douleur cachée.

ALCIDONIS.

Hélas! je fais mille vains efforts pour en pénétrer la caufe.

NERINE.

Vous l'auriez apprife plutôt que tout autre, fi fon fecret eût été de nature à le confier.

ALCIDONIS.

Tu le crois, Nérine?

NERINE.

Eh, oui, Seigneur, je vous l'ai dit cent fois. Ma Maîtreffe n'aime que vous, elle vous chérit bien plus que vous ne croyez & quelle ne le croit elle-même, c'eft vous feul qu'elle a regretté dans Athènes.

ALCIDONIS.

S'il en est ainsi, pourquoi donc me fuir ?

NERINE.

Vous avez vû ce Capitaine de Navire qui nous a conduit ici.

ALCIDONIS, *un peu troublé.*

Oui… je l'ai vû chez Glicérie… Eh bien ?…

NERINE.

Il apportoit une lettre à ma Maîtresse… A peine eût-elle jetté les yeux sur cet écrit, qu'elle s'évanouit entre mes bras. Ce n'étoit ni la douleur, ni l'effroi, c'étoit un sentiment plus agréable, mais confus, qu'elle a toujours conservé depuis jusqu'à présent, un mélange de joie, d'empresse-ment, d'inquiétude : à peine eût-elle repris ses sens, troublés par les premieres atteintes, qu'elle conjura le Capitaine de la transporter ici le plus promptement qu'il lui seroit possible… Elle ven-dit sur-le-champ tout ce qu'elle possédoit de la succession d'Ariste, sa petite maison, son jardin, son champ, sa vigne… son plan d'Oliviers… meubles, habits, bijoux, tout fut expédié dans le plus grand mystère ; elle vouloit me congé-dier, mais je me suis obstinée, & c'est en dépit d'elle que je l'ai suivi jusqu'ici.

ALCIDONIS.

Sparte fera donc le terme de votre fuite?

NERINE.

Je crois que oui, mais son impatience est extrême, elle a devancé le lever de l'Aurore, elle m'envoie dans cette maison [*en montrant la maison.*] qui fait face à la nôtre. C'est-là que demeure Elatès, le premier Ephore de Lacédémone ; elle veut l'entretenir. Va, Nérine, m'a-t-elle dit, je ne puis plus attendre, c'est de là que dépend tout mon fort... En disant ces mots, elle comptoit avec attention l'or & l'argent qu'elle apporte d'Athenes, & qu'elle a pû recueillir, en vendant à la hâte tout ce qu'elle y possédoit... Ma foi, Seigneur, c'est bien dommage, elle étoit pressée d'avoir de l'argent, de vilains usuriers l'ont rançonnée si cruellement, qu'elle n'a pas eû de ses effets le quart de ce qu'ils valoient.

DAVE.

Le quart! c'est encore bien modeste, elle a eu le bonheur de passer par les mains des plus maladroits du corps... J'en connois tels qui se feroient une conscience de donner à une femme pressée d'argent, plus d'un dixieme de la valeur de ses nipes.

ALCIDONIS

ALCIDONIS, *rêveur.*

Tout ceci me confond... quoi, Nérine, tu ne peux donc m'en apprendre davantage ?

NERINE.

Non, Seigneur ; je cours chez Elatès.

ALCIDONIS.

Mais, au moins, je pourrai la voir &...

DAVE.

La voir, Seigneur ? en ce moment ? vous n'y penfez pas, je ne vous laifferai point commettre une pareille imprudence.... mon honneur y feroit compromis... puifque vous m'avez fait le confident de votre amour...je réponds des fuites... Vous ne verrez point encore Glicérie.

ALCIDONIS.

Pourquoi ?

DAVE.

Pourquoi ? on voit bien que vous êtes encore novice & que vous avez grand befoin de mes leçons. Si vous avez envie d'éclaircir toute l'intrigue de ce voyage ; le pire de tous les moyens feroit de vous montrer, puifqu'on eft réfolu de vous en faire un myftère... rapportez-vous en à mon expérience. On voit fouvent plus qu'on ne veut, & fouvent auffi on fe fait voir mal-à-

B

propos. Laiſſez-moi marcher le premier prudemment à la découverte. Je vous donnerai des nouvelles, & vous paroîtrez quand il en ſera temps.

ALCIDONIS.

Que prétends-tu donc faire ?

DAVE.

Vous allez voir... C'eſt ici que vous commencerez à connoître mon mérite... [*à Nérine*] Ta Maîtreſſe ne me connoît point.

NERINE, *le regardant.*

Non, je penſe... tes traits cependant ne me ſont pas inconnus.

DAVE.

Pour toi c'eſt une autre affaire ; mais ſûrement, Glicérie ne ſait point que j'appartiens au Seigneur Alcidonis... C'eſt là-deſſus que j'arrange mon ſyſtême... Je te ſuivrai ; tu me préſenteras.

NERINE.

En quelle qualité & ſous quel prétexte ?

DAVE.

Te vóilà bien embarraſſée. Je ſerai ton frere... tu me trouves à Lacédémonne nouvellement affranchi comme toi... [*vers Alcidonis.*] Il ne tiendra qu'à vous, Seigneur, que cet article-là ſoit vrai.

ALCIDONIS.

Qu'à cela ne tienne, ſi j'obtiens la main de Glicérie, je te promets la liberté.

DAVE, *avec tranſport.*

Vous l'épouſerez, Seigneur... Dave vous en répond, & j'en jure par ma nouvelle ſœur.

ALCIDONIS.

Tu ſeras donc le frere de Nérine ? Eh bien ?

DAVE.

J'offrirai mes ſervices à Glicérie, j'obſerverai toutes ſes démarches, je pénétrerai ſes ſenti-mens, & je vous ferai part de toutes mes décou-vertes; allez, j'ai déterré bien d'autres ſecrets , laiſſez-moi faire, vous m'attendrez chez le Patron de notre barque , prenez courage : vous ſaurez bientôt à quoi vous en tenir.

ALCIDONIS.

Mais , dois-je confier ainſi....

NERINE.

Oui, Seigneur ; le conſeil me paroît aſſez pru-dent, il eſt plus ſage que vous attendiez d'être mieux inſtruit, pour vous préſenter devant elle, vous pourriez, en ce moment, ou la gêner, ou l'affliger.

ALCIDONIS.

Nérine, je me repofe fur ton amitié; feconde,
je te prie, les efforts de cet adroit efclave...
[*à Dave.*] Ne tarde pas au moins à m'apporter
de fes nouvelles. Tout eft précieux à mon impatience, tout paroît important à l'amour allarmé.

DAVE.

Laiffez-nous faire.

NERINE.

Vous favez, Seigneur, que je fuis à vous, autant qu'à Glicérie, vos cœurs font trop bien unis
pour que vos intérêts foient contraires.

SCENE III.

DAVE, NERINE.

DAVE, *à part, regardant Nérine*
avec attention.

J'Ai vu quelque part ce minois fripon.

NERINE, *à part, regardant de même.*

Voilà une phyfionomie qui n'eft pas neuve
pour moi.

DAVE, *à part.*

Affûrément c'eft elle. [*à Nérine.*] La charmante Nérine n'eût-elle pas autrefois le nom d'Amarille, chez le vieil Aréopagite Polidore ?

NERINE.

D'Amarille ?... Oui, vraiment... Seriez-vous le jeune Palémon de la prude Héliante, ſa trop maligne épouſe ?

DAVE.

Tu l'as dit, mon enfant... que d'heureux jours nous avons coulé l'un & l'autre dans la maiſon de Polidore ! maudit ſoit le démon de la jalouſie qui nous en fit chaſſer! Tes charmes naiſ-ſants commençoient à dérider le front ſevére de l'Aréopagite, tandis que ſa fiere moitié prenoit le charitable ſoin d'inſtruire ma timide jeuneſſe... la mode ne faiſoit que commencer parmi les hon-nêtes-gens d'Athènes... on avoit la ſottiſe d'en rougir & de craindre l'éclat... on croyoit en-core aux bonnes mœurs, on les regardoit comme un des devoirs des gens en place... Qu'on eſt bien revenu depuis de ces antiques erreurs !.. Oh ! notre ville ſe police & ſe perfectionne tous les jours !

NERINE.

Dis plutôt qu'elle ſe corrompt & ſe déshonore de plus en plus aux yeux de toute la Gréce, par la diſſolution affreuſe qu'on ſouffre dans tous les ordres de la République.

DAVE, *d'un air mocqueur.*

Ah ! tu moralifes auffi toi ... mille excufes à
la refpectable Nérine,, j'oubliois qu'il n'eft plus
d'Amarille , & que j'ai l'honneur de parler à l'Affranchie d'un Philofophe.

NERINE.

Nous n'avons pas de temps à perdre ...c'eft
ici la maifon de l'Ephore Élatès , frappons.

DAVE, *la retenant.*

Mais il eft bien matin pour avoir audience d'un
grand Seigneur.

NERINE.

Bon ! tu crois que c'eft ici comme chez nos
importans d'Athènes ; frappe , te dis-je.

SCENE IV.

ÉLATÉS, DAVE, NERINE.
ÉLATÉS.

Que veut-on ?

NERINE.

Nous voudrions fçavoir à quelle heure il fera
poffible aujourd'hui d'obtenir audience du Seigneur Élatès , premier Ephore de la République.

ÉLATÉS.

Parle.

NERINE, *se troublant.*

Eft-ce au Seigneur Élatès lui-même que?...

ÉLATÉS.

Oui.

DAVE, *à part, mais un peu haut.*

Pefte, qu'il eft matinal, ~~mais~~ et qu'il a l'air froid!

ÉLATÉS.

à Dave impérieufement,   à Nérine gracieufement.
Paix....   Eh bien?

NERINE, *tremblant.*

Seigneur,... une jeune Dame Athénienne, dont je fuis l'Affranchie, & qui loge ici près, chez le Seigneur Eucratès, nous avoit envoyé demander à vos Gens quel fera le moment favorable où vous aurez la commodité de l'entendre.

ÉLATÉS.

Tout à l'heure.

NERINE.

Seigneur, nous courons l'avertir, *Elatès rentre.*

DAVE.

N'oublie pas que je fuis ton frere.

NERINE.

Laiffe faire... Mais voici ma Maîtreffe qui fort, qu'elle eft impatiente!

SCENE V.

GLICERIE, EUCRATES, NERINE, DAVE.

GLICERIE, *à part.*

NERINE tarde longtemps... Vous fortez, Seigneur Eucratès, vous me refufez donc votre recommandation auprès de l'Ephore Élatès?

EUCRATÉS.

On ne recommande point ici, Madame.

GLICERIE.

Si vous êtes fenfibles à l'amitié, pourquoi lui refufez-vous ces bons offices?

EUCRATÉS.

Ils font inutiles ou injurieux.

GLICERIE.

Je ne comprends, Seigneur, ni l'un ni l'autre.

EUCRATÉS.

Solliciter; fuppofe injuftice on pareffe.

GLICERIE.

Quoi! Seigneur! ne peut-on pas ici comme ailleurs, accélérer l'expédition du Jugement le plus équitable? Il faut rendre juftice à tous, fans doute; mais il eft certaine préférence pour l'ordre des temps, qui peuvent s'accorder, & qui ne s'exigent point.

EUCRATÉS, *en souriant.*

Propos d'Athènes... Nous ne laissons jamais attendre la justice à personne.

GLICERIE.

Mais, Seigneur, c'est une grace que j'attends du Seigneur Elatès comme personne privée ; ce n'est point une justice que je lui demande comme au chef de vos Magistrats.

EUCRATÉS.

Il faut donc lui laisser tout le mérite du bienfait ?

GLICERIE.

Mais il peut refuser aux prieres d'une inconnue, ce qu'il accorderoit sans peine à vos instances.... mille pardons, Seigneur, si je vous presse encore ; mais tout mon bonheur dépend du succès...

EUCRATÉS.

Elatès ne vous refusera ~~donc~~ que l'impossible.

GLICERIE.

Je l'espere de la vertu Spartiate. Faßent les Dieux... Eh bien Nérine !

NERINE.

Madame l'Ephore vous attend. ~~On devroit~~

bien envoyer à l'école ici nos importans d'A-
thènes, qui font morfondre impitoyablement le
pauvre peuple, des jours, des mois, des années
entieres fous leurs portiques, pendant qu'ils s'a-
mufent à des riens, fouvent à quelque chofe de
pis qu'à des riens . . .

GLICERIE à *Eucratès.*

Je puis donc, Seigneur, fans indifcrétion ?

EUCRATÉS.

Sans doute . . . Toujours occupés, mais toujours acceffibles, voilà nos Magiftrats, Madame.

DAVE.

Ah! par ma foi, c'eft le contraire des nôtres.
Les plus oififs font toujours les plus invifibles.

Eucratès fort.

GLICERIE, *à Nérine.*

Quel eft cet Efclave?

DAVE

Madame, permettez que Palémon, frere de
Nérine, votre Affranchie.

GLICERIE.

C'eft votre frere, Nérine?

NERINE.

Madame, c'eft Palémon, que je retrouve après

plus de vingt ans d'abfence, fon Patron vient
de lui rendre auffi la liberté, & je rends graces
aux Dieux qui nous réuniffent.

DAVE.

Madame, fi mes fervices...

GLICERIE.

Soyez heureux, mes enfans. Plût aux Dieux
qu'il me fût permis d'y contribuer!... Eloignez-
vous un moment... Frappons... tous mes fens
fe troublent...

DAVE, *à part, à Nérine.*

Ecoutons, fans paroître faire attention à leurs
difcours.

NERINE.

Oui, mais prends garde...

DAVE.

Va, j'ai l'oreille bonne & j'entends à mer-
veille, fans faire femblant de rien.

SCENE VI.

DAVE & NERINE, *à quartier.*
ELATÉS, GLICERIE.

ELATÉS.

ÊTES-VOUS cette Athénienne ?

GLICERIE.

Oui, Seigneur ... je suis cette Etrangere qui viens implorer vos bontés, & vous demander une grace, d'où dépend tout mon sort.

ELATÉS.

Expliquez-vous avec confiance.

GLICERIE.

Vous avez, Seigneur, à votre service depuis deux mois, un esclave sur le retour de l'âge, qu'on appelle ici Fronton, & qui vous fut vendu par un Marchand Cartaginois.

ELATÉS.

Il est vrai.

GLICERIE.

Seigneur, cet esclave est mon pere, il est né dans la Thrace, d'un sang qui n'étoit pas fait pour la servitude... Des Pirates cruels ravagèrent notre Patrie... Ma mere périt dans ce défaſtre. Mon pere fit en vain des prodiges de valeur pour la défendre : percé de mille coups, il ne vouloit pas ſurvivre à ſon malheur ; mais ſon ſang épuiſé & ſes forces éteintes, lui firent trouver des fers, au lieu de la mort qu'il cherchoit. Nous fûmes la proie des vainqueurs. J'étois jeune alors, & j'avois à peine aſſez de raiſon pour comprendre le changement de notre ſort. Les Pirates nous ſéparèrent. Mon pere, captif dans les vaiſſeaux qui ſervent aux brigands de fortereſſes, d'héritages & de Patrie, erra de mers en mers, ſous le joug de ces barbares. Quelques foibles attraits me procurerent une deſtinée plus heureuſe ; les Pirates me vendirent à ces infâmes qui trafiquent par toute la Grèce de la liberté des hommes & de la pudeur de notre ſexe ; mais la chaſte Diane, Déeſſe de ma Patrie, a pris ſoin de conſerver ma vertu. Le ſage Ariſte fut mon premier & mon unique Maître, il prit plaiſir à former lui-même mon eſprit & mon cœur, & ſatisfait de ſon ouvrage, il répara l'injuſtice du ſort, il ne dédaigna point de me donner la main.

ELATÉS.

Vous êtes donc libre & femme du Philoſophe Ariſte ?

GLICERIE.

Oui, Seigneur, je la fus; rien ne manquoit à mon bonheur, que de retrouver mon pere & de briſer ſes fers. Ariſte partageoit avec moi des ſentimens ſi conformes à ſes leçons. En combien de lieux différens n'avons-nous pas fait chercher? ſoins inutiles! les Pirates impitoyables l'ont retenu dans dans leurs vaiſſeaux, tant qu'il a conſervé des forces pour le travail de la mer... Ariſte eſt mort, Seigneur, ~~il m'a laiſſé~~ *j'ai pleuré* deux ans ~~pleurer~~ mon Epoux & mon pere; ~~mais~~ enfin la vieilleſſe l'a délivré de ſes Maîtres inhumains, ils l'ont vendu près des colomnes d'Hercule à ce Marchand Cartaginois, de qui vous le tenez. Ariſton l'a reconnu, ~~il~~ lui a parlé de ſa fille, & s'eſt empreſſé de m'apporter ~~lui-même~~ *de ſa part* une lettre ~~de mon pere~~ qui m'inſtruiſoit de ſon ſort... J'accours, Seigneur, pour le ſoulager... Je ne ſuis pas riche; mais tout ce que je poſſéde eſt à l'auteur de mon être; puis-je vivre heureuſe en liberté, pendant qu'il eſt eſclave?

ELATÉS, *à part.*

Oh nature! oh vertu! vous êtes de tous les Pays & de tous les Etats! [*à Glicérie.*] Madame, dès-aujourd'hui, ſi je puis, vous ſerez ſatisfaite.

GLICERIE.

Si vous pouvez, Seigneur ?... Quoi ! la dé-
livrance de mon pere ne dépend-elle pas de vous
feul ?

ELATÉS.

Non ; mais d'Eupolie mon Epoufe.

GLICÉRIE.

J'irai, Seigneur, j'irai fans doute embraffer
les genoux de la refpectable Eupolie ; mais vous
pourriez déja me donner l'affûrance de mon bonheur ... vous étes le maître, fans doute ...

ELATÉS.

Les Dames de Lacédémone regnent dans leurs
maifons.

GLICERIE.

Oui, Seigneur, par la douceur & la perfuafion;
mais les hommes ont, fans doute ici, comme
ailleurs, la force & l'autorité.

ELATÉS.

A nous feuls le foin de la République : à nos
femmes feules celui de notre domeftique : c'eft
la Loi.

GLICERIE.

Accordez donc, Seigneur, à mon impatience
que j'adreffe, s'il fe peut, fur-le-champ, ma

priere à votre digne Epoufe ; elle connoît la
voix de la nature , elle n'y fera pas infenfible.

ELATÉS.

Eupolie préfide à l'affemblée des Lacédémonienes , près du temple de Pallas.

GLICERIE.

Vous permettrez du moins que je puiffe embraffer mon pere , & le baigner de mes pleurs.

ELATÉS.

Il eft à la fuite d'Eupolie.

GLICERIE.

Pardonnez , Seigneur , j'ignore vos ufages &
vos Loix , pourrai-je entretenir mon pere , pourrai-je , au moins , me raffafier de fa vue ?

ELATÉS.

Vous le pouvez , ma fille ; des vœux fi légi-
times font agréés des Dieux & des hommes qui
les révèrent... [*on entend le tambour.*] Ce bruit
m'appelle... dans une heure nous ferons libres ,
revenez , fille vertueufe... [*Il rentre.*]

SCENE

SCENE VIII.

GLICERIE, NERINE, DAVE.

GLICERIE.

Nerine, vous pouvez rentrer avec votre frere. J'irai seule au Temple de Pallas. [*Elle sort.*]

NERINE, *à Dave.*

As-tu compris?

DAVE.

Oui, c'est une bagatelle.

NERINE.

Cependant elle parloit avec beaucoup d'action.

DAVE.

D'accord, mais ce n'est pas une affaire bien difficile... Vous avez de l'argent, n'est-ce pas?

NERINE.

Oui, nous avons tout vendu pour en avoir.

DAVE.

Il ne s'agit que d'acheter un vieil esclave, Thrace de nation, qui n'a jamais sçu, toute sa vie, que ramer dans une Galere de Pirates. Ça ne doit pas être cher.

C

NERINE.

Ah ! que veux-tu dire?... un vieil efclave
Thrace, qu'en ferions-nous?... C'étoit bien la
peine de traverfer la mer, de tout vendre à moitié
perte aux ufuriers, pour faire une fi belle ac-
quifition : va, tu radotes, mon pauvre Palémon.

DAVE.

Je ne radote point... Oui dea, qu'en ferons-
nous?... Ah, ah... Vous êtes donc une hipo-
crite, Madame la Philofophe? vous ne fauriez
qu'en faire, par ce qu'il eft vieux?... Patience,
vous en ferez votre Seigneur & Maître, & la
charmante Amarille fera trop heureufe de lui
faire agréer fes fervices.

NERINE.

Ah ! finis donc, il n'eft pas temps de rire : iras-
tu conter ces fornettes au Seigneur Alcidonis?

DAVE.

Oui, fans doute, puifque rien n'eft fi véritable.

NERINE.

La pefte foit de la Ville d'Athènes, où le ton
du perfifflage & de la mauvaife plaifanterie a
paffé jufqu'aux Efclaves, avec le refte des ma-
nieres à la mode !

DAVE.

Quoi ! tu te fâches & tu gronde en moralifant? fy,

cela n'eft pas bien, pour une Suivante de la Phi-
lofophie.

NERINE.

Oui, tes verbiages m'impatientent à la fin, je
n'y puis plus tenir.

DAVE.

C'eft ta faute, que ne m'écoutes-tu jufqu'au
bout... cet efclave Thrace...

NERINE.

Hé bien ?

DAVE.

C'eft le pere de Glicérie.

NERINE.

Ma Maîtreffe, fille d'un Efclave ? cela ne fe
peut.

DAVE.

Rien n'eft plus vrai, tu fauras toute cette hif-
toire. Je vais trouver mon Maître & l'amener en
diligence. Oh la bonne nouvelle!... Parbleu,
Monfieur Fronton, vous ne ferez pas le feul Affranchi. Ça, Nérine, nous voilà libres... il
faut faire une fin. Alcidonis époufe Glicérie : le
cœur ne te dit-il pas quelque chofe ?

NERINE.

Pas encore.

DAVE.

Tu mens, friponne... je lis cela dans tes yeux.
Touche.   C ij

NERINE.

Nous verrons.

DAVE.

C'eſt tout vu, mon enfant.... tu feras ma femme. Je cours à mon Maître, au revoir.

PREMIER INTERMEDE.

Exercice Militaire.

ON entend une marche, battue ſur une ſeule caiſſe, qui s'approche inſenſiblement, & l'on voit paroître d'abord un Officier de Troupes Etrangeres, en habit long, jaune, à franges, avec un bonnet & une aigrette, il marche l'épée à la main.

Il eſt ſuivi de deux ſoldats en tuniques brunes ou jaunes, avec des cuiraſſes, des caſques, des boucliers de fer tout uni, de longues épées & de longues picques.

Après les deux ſoldats, le tambour, en habit long, un bonnet & une aigrette.

Après le tambour, quatre autres ſoldats ſemblables aux deux premiers qui marchent deux à deux.

La troupe s'arrête à la porte d'Elatès. L'Officier entre, le tambour ceſſe de battre.

Deux Eſclaves ſortent de chez Elatès & placent au-devant de ſa porte une chaiſe de bois tout unie; on entend approcher peu-à-peu quatre fifres.

Elatès ſort & ſe place dans la chaiſe, ayant derriere lui l'Officier l'épée à la main & deux ſoldats derriere l'Officier, avec le tambour un peu à quartier.

Les quatre autres soldats se postent aux quatre coins de la Place.

On voit paroître une troupe de jeunes Lacédémoniens ; il seroit à souhaiter qu'ils fussent au moins seize, sans compter le Chef & les fifres.

A la tête, un jeune Acteur répréfente le Chef. [*Critias.*] Il doit avoir des brodequins rouges, un habit militaire, à la Grecque, écarlate & fort court, le casque, la cuiraffe & le bouclier en cuivre bien luifant, une épée fort courte au côté, & deux javelots aussi très-courts dans la main droite : C'est l'habit de toute la Troupe.

Le Chef a pour marque de diftinction un petit Etendart rouge qu'il porte de la main gauche ; il marche le premier, fuivi de deux fifres, puis de jeunes Lacédémoniens, quatre à quatre.

Cette premiere Troupe est fuivie d'une toute pareille de jeunes filles.

A la tête est une jeune Actrice, repréfentant *Euclia*, fuivie de deux fifres & des jeunes Lacédémonienes, quatre à quatre ; l'habit & l'armure des filles est comme celui des hommes, à l'exception du panache qui est rouge fur le casque des jeunes gens & blanc fur celui des jeunes filles, l'étendard d'*Euclia* est aussi tout blanc.

Les deux Troupes font trois fois le tour de la Place, en défilant devant Elatès, d'abord quatre à quatre, puis deux à deux, puis un à un.

A chaque fois qu'elles paffent devant l'Ephore, elles faluent des javelots, & les Chefs de l'Etendart.

Après la revue les deux Troupes fe rangent au fond de la Place fur deux lignes un peu ferrées.

La premiere ligne est des jeunes gens, le Chef en avant,

au centre, les deux fifres, entre lui & sa troupe.

La seconde ligne est des jeunes filles, rangées de même.

Apres une pause & un moment de silence, Elarès se leve de sa chaise, suivie de l'Officier & de ses deux soldats. Il s'avance au bord du Théâtre.

La musique des fifres recommence, les deux lignes bien serrées s'avancent trois fois depuis le fond jusqu'au bord du Théâtre, & reculent trois fois depuis le bord jusqu'au fond sans se rompre.

Le premier mouvement est très-lent en avançant & en reculant, le second est prompt & le troisieme très-vif, on laisse une pause entre chacun, & les fifres donnent la mesure pour les pas, plus ou moins précipités.

Après les trois marches, les deux rangs remis au fond du Théâtre font le quart-de-conversion.

Le Chef des jeunes gens & ses fiffres se placent à l'extrêmité de la droite ; quand il y est rangé, sa Troupe faisant le quart-de-conversion, appuyée sur le dernier jeune homme de la gauche, toute la ligne se trouve faire face à la décoration.

Les jeunes filles font le quart-de-conversion contraire, de façon que les deux Troupes font rangées chacune le long d'une décoration lattérale du Théâtre, la marche des fifres doit être brillante & la Troupe marcher fiérement.

La Troupe fait demi-tour à droite pour se remettre en face.

SCENE INTERMÉDIAIRE.

ALCIDONIS & DAVE, *paroiſſent au fond.*

ELATÉS.

APRÈS avoir fait ſigne aux deux rangs qui s'arrêtent, dit au Soldat factionnaire du fonds » *Laiſſe approcher* » *l'Etranger.* « Dave veut ſuivre ſon Maître, le ſoldat l'arrête, Dave inſiſte, le ſoldat lui montre le fer de ſa picque, & Dave ſe retire avec un geſte de dépit & de crainte pour ſon Maître. [*Elatès continue.*] » Voulez-vous être ſpectateur ?

ALCIDONIS.

S'approchant & paſſant au milieu des deux rangs, qu'il ſalue profondément, dit :

» Seigneur, s'il m'eſt permis de contempler ces exercices » de la jeuneſſe Spartiate, ſi célèbre dans toute la Grèce, » je ne ſçai point négliger une occaſion ſi rare & ſi pré-» cieuſe.

ELATÉS.

Vous eſtimez donc nos mœurs ?

ALCIDONIS.

Je les admire, Seigneur, & c'eſt en moi un ſentiment héréditaire. Euribate, mon pere, qui commandoit autrefois les Vaiſſeaux d'Athènes....

ELATÉS.

Euribate ! ah mon fils ! vous êtes né du plus vertueux des Athéniens ; nous combatîmes enſemble contre les Barbares, nous vengeâmes la gloire & la liberté de la Grèce ; je l'ai vu mourir au lit d'honneur. J'ai ſur vous les droits de l'hoſpitalité, & voici ma Maiſon.

C iv

ALCIDONIS.

Seigneur, c'eſt avec la plus vive reconnoiſſance que ..

ELATÉS.

Compliment Athénien. Comment vous nomme-t-on ?

ALCIDONIS.

Alcidonis, Seigneur.

ELATÉS, *aux deux Troupes.*

Enfants, voici le fils d'un Héros qui eut le bonheur de mourir pour ſa Patrie.

Les deux Troupes diſent alternativement, puis toutes enſemble : » honneur, honneur, honneur.

ELATÉS, *reprend.*

Ce ſoir nous donnerons une fête au généreux Alcidonis. Achevons.

Fin de la Scène.

Après un ſilence, l'on ſonne la charge.

La Troupe des jeunes gens s'avance fiérement vers celle des jeunes filles, tenant un de ſes javelots de la main gauche en réſerve, & l'autre de la main droite, élevé comme prêt à le lancer.

La Troupe des jeunes filles fait ferme, & attend auſſi fiérement dans la même poſture.

La Troupe des jeunes gens après avoir abordé, l'autre ſe retire, faiſant toujours face ſans ſe rompre. Les inſtrumens ſonnent une retraite différente de la charge.

Après une pauſe on ſonne une autre charge. La Troupe des jeunes filles paſſe ſes deux javelots dans la main gauche, met le ſabre à la main, & marche fiérement à celle des jeunes gens.

La Troupe des jeunes gens met de même le ſabre à la main, & attend de pied-ferme.

Après que les épées se font croisées, la Troupe des jeunes filles se retire auſſi faiſant face & sans se rompre au pas grave.

Enfin, après une autre pause l'on sonne encore la charge pour la troisieme fois ; les deux troupes s'é-branlent enſemble, & se joignent au milieu du Théâtre ; alors chaque jeune homme combat corps à corps contre une de la Troupe oppoſée : d'abord on croiſe les javelots, puis les épées, enſuite on se lutte des épaules comme pour se culbuter. Après ces trois aſſauts on sonne la retraite, & les deux Troupes se retirent gravement & en bon ordre.

Fin du premier Acte.

ACTE II.

SCENE PREMIERE.

ALCIDONIS, *seul.*

ELATÉS eſt l'ami de mon pere, & je ſerai
ſon hôte... c'eſt de lui que dépend le bonheur
de ma Glicérie... Grands Dieux ! quelles fa-
veurs ? Oui, vous voulez aujourd'hui combler
tous mes vœux...

SCENE II.

ALCIDONIS, DAVE.

DAVE.

AH vous voilà, Seigneur... que le grand Jupiter en ſoit loué... ſavéz-vous que vous m'a-
vez fait une peur effroyable ?...

ALCIDONIS.

Pourquoi donc ?

DAVE.

Pourquoi ?... Ah ! par ma foi, la queſtion eſt

admirable. Vous vous jettez à travers une bande de foudars, tous de fer & d'airain, & quand je veux vous fuivre, un vieux finge à mine rebarbarative, me montre une ~~large hallebarde~~ *longue pique*, qui me force à me blottir dans un coin, où je tremble & j'enrage depuis une heure.... Que favois-je, moi, ce qui pouvoit vous arriver ? Ces gens-là font cruels, ils n'eftiment qu'eux-mêmes, ils regardent tout le refte du genre humain comme des Efclaves, & les Efclaves comme des chiens: voulez-vous m'en croire, Seigneur, ne vous y fiez pas.

ALCIDONIS.

Tu les crains-donc beaucoup ?

DAVE.

Oh ! oui, beaucoup... je l'avoue de bonne foi ; fur l'article du courage, je ne fuis point fanfaron.

ALCIDONIS.

Tu n'as donc point examiné cette troupe qui vient de défiler, & que tu dois avoir rencontrée ?

DAVE.

Moi !... Non, par Hercule ! je n'ai vu que ce vieux Magiftrat, qui fe leve fi matin, & qui parle fi fec, avec ces deux Eftaffiers à mouftaches, dont l'un m'avoit fi poliment chaffé, en me prenant par le bras, & en me montrant ~~la per~~ *fes armes*—

~~trifaite~~... Quand ils ont paru, je me fuis vîte ca-
ché dans une porte ... Ces gens-là ne veulent
point que j'aie le bonheur de les envifager. En
vérité, c'eft bien dommage; car ce font encore
des magots bien tournés.

ALCIDONIS.

Le poltron!.. Sçais-tu bien que les deux troupes qui fuivoient, n'étoient que les jeunes gens &
les jeunes filles de Sparte, dont le plus âgé n'a
que vingt ans?

DAVE.

En vérité!... là, vous ne vous mocquez pas
de moi?

ALCIDONIS.

Non, rien n'eft plus véritable.

DAVE.

C'eft donc une mafcarade?

ALCIDONIS.

Non, c'eft qu'on les exerce ainfi chaque jour
au maniment des armes & aux exercices mi-
litaires.

DAVE.

Et les filles auffi? ... Quelle folie! eft-ce que
le beau fexe eft fait pour dépeupler la terre?...
Ma foi, Seigneur, vive vos Athéniennes! elles
fuivent bien mieux les vraies leçons de la nature... A ce que je vois, ces gens-ci menent

auſſi leurs femmes à la guerre comme on fait dans mon pays … La méthode n'eſt pas mauvaiſe au moins … mais l'uſage n'en viendra jamais dans Athènes.

ALCIDONIS, *en riant.*

Pourquoi ? nous ſommes ſi changeans.

DAVE.

Les Aréopagites & les Prépoſés aux Myſteres de Cérès Eléüſine ne le ſouffriroient pas … Ils ont leurs raiſons … Mais, Seigneur, nos femmes d'Aſie ne ſuivent les armées que pour ſervir leurs maris & non pas pour combattre : celles-ci fer-raillent donc comme de vrais Gendarmes ?

ALCIDONIS.

Non, les Lacédémonienes ne ſortent jamais de la Ville.

DAVE.

A quoi donc leur ſert d'apprendre la … [*Il déſigne par geſtes l'exercice des armes*] Ah ! j'en-tends, c'eſt pour entretenir la paix du ménage, afin, qu'en cas de beſoin, ſi le mari fait le mau-vais, ſa femme … [*avec les mêmes geſtes*] le mette à la raiſon.

ALCIDONIS.

Non, c'eſt premiérement pour leur former un tempérament robuſte, afin qu'elles donnent à la patrie des enfans vigoureux.

DAVE.

C'eft bien penfé … Vos indolentes Athéniennes, toujours mollement affifes ou couchées ,
qui ne fçavent remuer tout le jour que la langue
& les doigts, qu'il faut porter dans un char pour
faire cent pas, & qui font excédées pour en avoir
fait dix à pied dans des promenades fablées, en
fe faifant traîner fous les bras, ne produifent
plus que des avortons de l'efpece humaine.

ALCIDONIS.

D'ailleurs, la préfence des jeunes Lacédémonienes excite l'émulation la plus vive dans l'ame
des Spartiates; les plus dignes font toujours le
prix du plus valeureux.

DAVE.

Oui dea ? oh ! ceci vaut encore mieux. Quoi ,
Seigneur ! en ce pays-ci, ce n'eft pas la richeffe
qui décide le choix des parens, ce n'eft pas le
bon air, l'élégance, l'adreffe à flatter qui fixent
celui des jeunes filles?

ALCIDONIS.

Non, les Lacédémonienes fe piquent de l'em-
porter fur leurs compagnes par leurs vertus ou
leurs talens ; celles qui réuffiffent le mieux, ont
droit de choifir un époux ; la préférence tombe
toujours fur le plus habile & le plus généreux ;
c'eft pour cela qu'on les éleve tous enfemble dans
les mêmes exercices.

D A V E.

Je conçois que de pareils mariages valent bien
ceux d'un jeune fat, qui n'a que des mines & du
jargon avec une vieille prude qui n'a que des
pièces d'or; d'un débauché décrépit avec une
idole de quinze ans; d'un fier descendant de
Cécrops & d'Erictée, avec la fille d'un opulent
affranchi, qu'il dépouille & qu'il méprise; que
tous ceux, enfin, qui se font entre vous par ha-
zard, par vanité, par caprice, par intérêt, par
raison, soi-disant telle, sans vous convenir, sans
vous estimer, sans vous aimer, sans vous connoître.

A L C I D O N I S.

Tu commence donc à te réconcilier avec les
usages de ce Peuple-ci? *Mais laissons cela*,

D A V E.

Un peu . . mais les hommes ont l'air bien sé-
rieux. Leurs filles sont-elles aussi fieres?.. Que
vous en semble?

A L C I D O N I S.

Tu pourras en juger toi-même, apprends notre
bonheur; je suis l'hôte de l'Ephore Elatès, il
m'offre sa maison, mon pere étoit son ami.

D A V E.

Vivat! Seigneur, vous voilà l'époux de Glicérie, & moi celui de fa Nérine. Elatès en eft le maître... Achetez de lui le bon homme Fronton... il vous en fera bonne compofition... Glicérie vous redemandera fon pere, vous exigerez fa main pour rançon, & le marché fera bientôt conclu.

ALCIDONIS.

Non, je n'uferai point de cet indigne artifice... Moi, faire des loix à Glicérie !.. Je devrois donc à la néceffité le bonheur de la poffeder ? Cette feule penfée pourroit empoifonner tous mes plaifirs... Non, Glicérie, non, je ne veux tenir que de vous le préfent libre de votre cœur & de votre main.

DAVE.

J'entends, Seigneur... vous êtes d'une profondeur admirable fur les fecrets raffinés de la galanterie... A vous le maître pour filer le parfait amour... C'eft bien dommage que la mode en foit fi paffée ; il ne faudroit que trois ou quatre modèles comme vous pour la reffufciter.

ALCIDONIS.

Point de fades plaifanteries. Fronton fera libre, je payerai fa rançon, je le remettrai entre les bras de fa fille incomparable. J'attendrai que

la

la reconnoiſſance & l'amour lui perſuadent enfin
de me rendre heureux.

DAVE.

Permettez-vous, Seigneur, que je vous parle
ſérieuſement & en conſcience? Je vois que vous
n'aimez pas la raillerie ſur ce chapitre... mais
c'eſt un conſeil ſage que je veux vous donner.
Vous verrez que c'eſt pour votre bien.

ALCIDONIS.

Eh bien! voyons donc quel eſt ce conſeil
important?

DAVE.

Ne vous mêlez pas de racheter le bon homme
Fronton : laiſſez payer ſa rançon par ſa fille.

ALCIDONIS.

Pourquoi?

DAVE.

Pour pluſieurs raiſons...Premièrement, les
frais en ſont faits plus d'à moitié : elle a tout vendu
pour être en état de payer. Secondement, Eupolie ne la connoît pas; les femmes ne s'épar-
gnent point entr'elles; la Patrone tirera du vieillard le meilleur parti qu'elle pourra...

ALCIDONIS.

Eh bien?

DAVE.

Tant mieux, morbleu, tant mieux...Votre

Glicérie fera ruinée par ce beau marché-là. Elle fera donc trop heureufe de trouver un jeune Seigneur, aimable & riche, comme vous êtes. Vous aurez le plaifir de l'époufer pauvre & n'ayant pas un fol.

ALCIDONIS.

Qu'importe, la richeffe ou la pauvreté, quand on aime?

DAVE.

Voilà bien parler en vrai jeune homme ... Il importe beaucoup ... Ne ferez-vous pas charmé que votre époufe, toujours conftante, vous épargne les chagrins & les petites humiliations, fi communes dans Athènes? ... qu'elle ait plus de motifs de vous aimer & de vous refpecter toujours? plus de préfervatifs contre la tentation & le mauvais exemple?

ALCIDONIS.

Ma Glicérie, pour être vertueufe, n'a befoin que d'elle-même.

DAVE.

D'accord ... mais une femme fage vend quelquefois bien cher à fon époux cet avantage prétendu, qui diminue de prix tous les jours dans l'opinion publique, grace à l'aifance de vos mœurs. Etre riche, belle, fage & de bonne hu-

meur. — Oh! non, non, c'est trop de moitié...
Vous le sçavez, Seigneur, nos Athéniennes ont
~~acquis, à cet égard, le droit de préscription.~~
et riche
Une femme d'honneur a le privilége incontesta-
ble d'être ~~fiere~~ & acariâtre, à moins qu'elle ne
soit laide ou pauvre... encore est - ce la plus
grande grace que l'on puisse faire à MESSIEURS
LES MARIS... On en connoît plus d'une qui n'ac-
corde pas même l'exception... Pour une femme
qu'on veut douce & complaisante, il faut bien
lui passer d'être galante, pour peu qu'elle ait eu
~~du bien & qu'elle soit encore jolie~~...D'où je
conclus, Seigneur, que c'est pour vous un bonheur insigne que cette aventure, puisqu'elle va
rendre votre Maîtresse aussi pauvre que vous
pouvez desirer... Vous êtes riche, vous, quel
besoin avez-vous?

ALCIDONIS *impatienté*.

Quel besoin ai-je de tes conseils indiscrets,
qui supposent le cœur de Glicérie aussi vil que
celui des autres femmes d'Athènes?

DAVE.

Eh bien! allons, plus de comparaison, à la
bonne-heure; mais je ne suis pas encore rendu... Voici certainement de quoi vous convain-
cre... Est-il bien, Seigneur, d'une ame aussi dé-

licate que la vôtre, d'expofer l'objet de votre adoration à rougir devant vous de l'état de fon pere & de l'obfcurité de fa naiffance? ... Ne feroit-il pas plus beau d'ignorer abfolùment ce fecret, qu'elle n'a pas voulu vous confier ? ... d'attendre que le vieillard fût libre pour ...

ALCIDONIS, *vivement.*

Oui, tu viens de m'éclairer... Laiffons à cette fille incomparable le plaifir & la gloire de brifer elle-même les fers de fon pere... qu'elle regarde ce myftere comme enfeveli dans un profond oubli ; qu'elle ignore à jamais que fon Alcidonis en ait eû connoiffance, elle acceptera l'hommage de mon cœur, de ma main, de toute ma fortune.

SCENE II.

ÉLATÉS, ALCIDONIS, DAVE.

ÉLATÉS.

JE reviens à vous, mon fils, fongez que ma maifon eft la vôtre.

ALCIDONIS.

Ce nom m'eft bien doux, Seigneur, vos bontés ... me comblent d'honneur & de joie.

ELATÉS.

Vous n'aurez point ici les délices d'Athènes,
tout est simple & frugal, & même grossier à vos
yeux... — Mais, mon fils, si vous respectez
la vertu, si vous aimez la gloire, vous les trouverez à Lacédémone ; vous y goûterez des plai-
sirs que le luxe & la mollesse ne connurent jamais :
Voici mon Epouse.

SCENE III.

EUPOLIE, ELATÉS, ALCIDONIS, DAVE.

ALCIDONIS.

Daignez, Seigneur, lui faire agréer mon
hommage.

ELATÉS.

Eupolie, le Seigneur Alcidonis est le fils du
valeureux Euribate, qui commandoit la Flotte
Athénienne quand nous vainquîmes les Barbares.
Tous ses traits me rappellent le souvenir de son
pere, c'est assez vous dire quel droit il a sur mon
amitié.

EUPOLIE, *à Alcidonis.*

Seigneur, le nom de votre pere est honoré

dans Lacédémone comme celui d'un grand homme, fa mémoire eft chere à toute la maifon d'Elatès comme celle d'un ami. Vous le remplacerez ici pour ces deux titres, la nature vous a déja donné de lui reffembler ~~pour~~ *par* la taille & la figure, vous l'imiterez, fans doute, pour fes vertus, qui le rendirent un héros, & ~~pour~~ *dans* les fentimens qui l'avoient fait le plus tendre de nos amis.

ALCIDONIS.

Madame, l'un & l'autre feroient également flatteurs pour moi; tout empêche, fans doute, de prétendre au premier de ces titres; mais je ferai trop heureux, fi je puis mériter le fecond.

ELATÉS.

Mon fils, cette modeftie fied bien à votre âge. Elle eft rare dans la Jeuneffe Athénienne. Vous ferez digne de votre pere . . . Nous vous chérirons, comme lui. [à *Eupolie*] Madame, Alcidonis accepte l'hofpitalité que je lui dois; mais il nous permettra de différer quelques inftans de l'introduire chez vous. Une jeune Athénienne doit fe rendre ici pour vous demander une grace.

EUPOLIE.

Je l'ai vûe, Seigneur, au fortir du Temple, & je viens de la laiffer entre les bras de Fronton, qu'elle arrofoit de fes larmes, en l'appellant fon pere.

ELATÉS.

Oui, Fronton eft fon pere ; mais elle eft libre,
veuve d'un Philofophe Athénien , & maîtreffe
d'une fortune honnéte, elle a cherché long-temps
fon pere, elle vient de le découvrir, & vous en
offre la rançon que vous en exigerez.

EUPOLIE.

Veuve d'un homme libre, & d'un Philofophe
Athénien !... Quoi! les Atheniens , même les
plus fages, époufent des Efclaves !... Quelle in-
fâmie !

DAVE.

Vous en tenez, Seigneur.

ALCIDONIS , *à part à Eupolie.*

Ah! Madame, jugez avec moins de rigueur
& nos mœurs athéniennes & mon maître, le Philofophe Arifte,& l'aimable Glicérie, fon incomparable époufe.

ELATÉS.

Vous la connoiffez-donc, mon fils?

ALCIDONIS.

Oui, Seigneur, & je prends, à tout ce qui la
concerne , l'intérét le plus vif.

EUPOLIE.

Vous, Alcidonis!... & vous ne rougiffez pas
de l'avouer ?

D iv

ALCIDONIS.

Pourquoi voulez-vous que j'en rougiſſe, Madame, ~~puiſque~~ ce n'eſt pas un crime ? Vos uſages ne ſont pas les nôtres … A Sparte les Eſclaves ſont traités avec un ſouverain mépris, & même avec une eſpèce d'horreur … Notre Philoſophe nous les fait regarder comme des hommes. Nous les affranchiſſons quand ils le méritent ; leurs deſcendans deviennent nos concitoyens, & preſque nos égaux.

DAVE.

Oui, & pourquoi non ; n'eſt-on pas des hommes tout comme les autres ?

EUPOLIE.

Ce mélange convient, ſans doute, à votre République ; il paſſeroit ici pour le comble de l'ignominie.

ELATÉS.

Notre Loi, Madame, eſt plus conforme à l'inflexible auſtérité, qui fait le ſoutien de cet Empire ; celle d'Athènes eſt plus favorable à l'humanité, qui fait la ſource principale de ſon crédit & de ſes richeſſes.

EUPOLIE.

Mais, Seigneur, j'avois toujours cru que les Athéniens eſtimoient auſſi la nobleſſe du ſang, & qu'ils ſentoient tout le prix d'une illuſtre origine,

ALCIDONIS, *à Eupolie.*

Oui, Madame, nous regardons comme un grand avantage le bonheur d'avoir des ayeux célébres, & chers à la Patrie; mais nous ne dédaignons point ceux que la fortune en a privés.

EUPOLIE.

Mais de quel œil les honnétes gens d'Athènes regardent-ils les alliances d'un citoyen du premier rang avec des Efclaves ou des Affranchies?

ALCIDONIS.

La mode eft établie, Madame, de voir avec indulgence celles même qui ne font contractées que par un vil intérêt; comment pourroit-on condamner celles que fait la plus jufte eftime, & l'amour le plus vertueux?

EUPOLIE.

Elles feroient, fans doute, plus excufables.

ÉLATÉS.

Oui, mon fils, l'amour pur & la vertu fublime peuvent élever une efclave jufqu'à l'homme libre; mais la foif des richeffes qui forme feule de pareils nœuds, dégrade l'homme libre jufqu'au-deffous des Efclaves.

ALCIDONIS, *tranfporté.*

Ah! Madame!.. Ah mon Pere! puifque vous me permettez ce nom, qu'il m'eft doux d'entendre de votre bouche l'apologie de mon amour!

DAVE, *à part.*

Le voilà bien-aise.

EUPOLIE.

Vous êtes donc épris de cette Affranchie?

ALCIDONIS.

Oui, Madame, je l'adore.

ÉLATÉS.

Et vous l'accompagnez ici?

ALCIDONIS.

Non, Seigneur, elle ignore que je sois à Lacédémone, & je veux m'y cacher à ses yeux; je
me suis jetté à la hâte dans la premiere barque,
pour suivre celle qui l'amenoit ici, j'ignorois le
terme & l'objet de son voyage; mais à présent
que j'en suis instruit, je ne veux point qu'elle
m'ait pour témoin de ses démarches, je respecte
le secret qu'elle a voulu m'en faire; sa tendresse
filiale, l'honore bien plus à mes yeux, que l'état
de son pere ne l'avilit à ceux du préjugé. J'irai
l'attendre dans Athènes, où je regarderai comme
la félicité suprême le bonheur d'obtenir sa main...
Respectables Epoux qui me comblez de vos bontés, je ne crains point de faire éclater devant
vous, l'ardeur d'un innocent amour, malgré la
sévérité de vos Loix qui le condamnent.... Les
nôtres le tolèrent, & les vertus de Glicérie le
rendent encore mille fois plus légitime.

EUPOLIE.

La jeuneſſe, mon fils, quand elle eſt née géné-
reuſe, comme vous paroiſſez l'étre, ſe laiſſe ai-
ſément ſéduire par l'apparence des vertus, & les
femmes, ſur-tout celle d'Athènes, prennent ai-
ſément la forme qui plaît le plus à ceux qu'elles
veulent captiver... Craignez de vous confier à
des déhors trompeurs... une Eſclave eſt ſouvent
artificieuſe.

ALCIDONIS.

Mais, Madame, le ſage Ariſte, mon Maître,
qui cultiva ſon ame; qui prit plaiſir à former ſon
eſprit & ſon cœur, goûtoit dans les dernieres
années de ſa vie le comble du bonheur dans
l'amour de cette Epouſe.

EUPOLIE.

Alcidonis... en amour, la vieilleſſe eſt encore
plus aveugle & plus imprudente que la jeuneſſe
même.

ALCIDONIS, *piqué.*

Vous prenez plaiſir à me déſeſpérer... je com-
battrois en vain ici votre cruel préjugé... Mais...
voyez-là, Madame... oui, voyez-là, mettez
ſon ame à l'épreuve... il vous ſera facile d'en
connoître la candeur & la nobleſſe... vous juge-
rez alors lequel étoit mieux fondé... ou de ma
tendreſſe, ou de vos ſoupçons.

EUPOLIE.

J'accepte, Seigneur, ce défi généreux ; Elatès vous regarde comme son fils... Je veux vous rendre ici l'un des plus grands services, que vous eussiez pu recevoir d'une mere... vous éclairer sur le choix d'une Epouse.

DAVE, *à part.*

L'épreuve est délicate.
~~Je ne m'y fierois pas, moi.~~

ALCIDONIS.

Mais vous songerez que vous conseillez un Athénien.

EUPOLIE.

Je ne l'oublierai pas.

ELATÉS.

Mon fils, si votre Glicérie mérite le suffrage des Lacédémonienes, elle est digne de vous, en quelque état que le Ciel l'ait fait naître.

EUPOLIE, *à Alcidonis.*

Vous me promettez de ne point paroître à ses yeux, & vous trouverez bon que j'éprouve tous les sentiments de son cœur ?

ALCIDONIS.

Oui, Madame... Oh, oui, vous me ravissez... je suis sûr du succès... vous accorderez la liberté de son pere... daignez, je vous en conjure, y mettre, pour elle, le prix le plus modique, afin seulement qu'elle paroisse l'acheter. Mais,

faites-moi la grace de choifir parmi tous mes
Efclaves, celui qui vous conviendra le mieux
pour le remplacer.

DAVE.

Pourvu que ce ne foit pas moi, toujours.

ELATÉS.

Non. Mon fils, elle fera libre fans rançon.

EUPOLIE, *à Elatès.*

Seigneur, c'eft mon affaire. J'en difpoferai...
je ne m'engage à rien... Alcidonis, fi vous êtes
digne de votre pere & de l'amitié d'Elatès, vous
ferez content de moi, c'eft tout ce que je promets... j'aurai foin de votre bonheur & de votre
gloire. Entrez.... L'Athéniene va venir....
Gardez-vous fur-tout qu'elle vous apperçoive.

SCENE V.

EUPOLIE, *feule.*

QUEL dommage, qu'un jeune homme de fi
grande efpérance fût la dupe d'une coquette!...
Oh mœurs d'Athènes! oh funeftes négligence fur
l'inftitution publique des enfans!... quelles ac-
tions de grace ne vous devons nous pas? Oh,
divin génie de Licurgue!... Sauvons l'aimable

Alcidonis du piége qu'on lui tend peut-être...
Pénétrons le caractère de cette Glicérie... Ah!
que dis-je ? & quelle entreprise !... connoître
l'ame ~~d'une femme, &~~ d'une Athéniene ~~encore~~...
'A Sparte même, elles font fouvent inexplicables... Elle n'aura cependant ici nulle raifon
de diffimuler ; éloignée de fon Amant & de fa
Patrie... elle fe contraindra moins devant une
femme... Mais par quelle épreuve décifive pourrai-je connoître.... [*rêvant.*] Oui... c'eft ainfi
qu'on pourroit... par-là, je découvrirois infail-
liblement tous les fentimens qui l'animent... On
approche... c'eft elle.

SCENE VI.

EUPOLIE, GLICERIE, FRONTON.

FRONTON.

MA fille, embraffez les genoux de celle qui
peut me rendre à votre tendreffe, voici la refpectable Epoufe de l'Ephore Elatès.

GLICERIE *à genoux.*

Madame...

EUPOLIE.

Levez-vous, ces hommages ne fe rendent ici
qu'aux Dieux.

GLICERIE.

Madame, après eux, vous êtes aujourd'hui l'arbitre de mon fort; Fronton eft mon pere, je fuis libre; j'avois acquis une fortune, que je viens vous offrir pour fa rançon.

EUPOLIE.

Etes-vous née dans la fervitude ?

GLICERIE.

Non, Madame, nous y fûmes réduits, mon pere & moi, par des Pirates dans les premieres années de ma vie.

EUPOLIE.

Quelle eft votre Patrie ?

FRONTON.

Tinda, ville de la Thrace, où nos ancêtres avoient toujours occupé le premier rang.

EUPOLIE, *à Fronton.*

Il fuffit : laiffez-nous.

SCENE VII.

EUPOLIE, GLICERIE.

EUPOLIE.

Vous m'offrez la rançon de votre pere; mais ce n'eft pas l'ufage de Sparte de trafiquer les Efclaves, ni de les affranchir, nous les gardons jufqu'à la mort.

GLICERIE.

Madame, je vous en conjure par les objets qui vous font les plus chers au monde : acceptez, s'il le faut, tout ce que je posséde, & rendez-moi mon pere. Je le nourrirai du travail de mes mains ; je ferai toujours affez riche & affez contente, fi j'ai brifé fes fers.

EUPOLIE.

Les richeffes d'Athènes, que vous m'offrez, n'ont aucune valeur à Lacédémone : votre or & votre argent nous font inutiles ; nos loix en ~~pref-crivent~~ *défendent* l'ufage aux hommes libres.

GLICERIE, *confternée.*

Qu'entends-je !.. Dieux ! quel coup de foudre !.. ~~Il n'eft que trop vrai~~... Oh ! mon pere !.. Mais, quoi ! n'eft-il pas un autre moyen de lui rendre fa liberté ?.. Oui, c'eft quelque Dieu qui me l'infpire. [*avec tranfport*] Madame, vous n'oferez me refufer cette grace... L'infortuné Fronton touche à la fin de fa carrière, l'âge le rend peu propre aux travaux de la fervitude... agréez mes fervices... Je reprends auprès de vous les fonctions de l'efclavage ; que l'auteur de mon être coule, dans un heureux loifir, les derniers jours de fa vie !.. Les richeffes, que votre vertu méprife, lui feront ailleurs un fort agréable ; l'idée feule de fon bonheur fera ma confolation

&

& ma gloire dans les fers que je vais reprendre.

EUPOLIE.

Je vous le dis à regret… mais il n'eſt que ce
ſeul moyen de l'affranchir… J'allois vous le pro-
poſer, & je vois avec plaiſir que vous m'avez
prévenu.

GLICERIE, *baiſant le bas de ſa robe.*

Vous acceptez-donc mon hommage… Ah !
Madame, que ne vous dois-je pas !.. Mon pere,
vous ſerez-donc libre enfin.

EUPOLIE.

Les mœurs Lacédémonienes rendent ici l'eſ-
clavage humiliant & pénible, ſur-tout pour les
femmes… Votre âge & l'état dont vous avez
joui dans Athènes, vous le feront trouver encore
plus rude.

GLICERIE.

Madame, la cauſe l'ennoblira ~~peut-être à nos~~
~~yeux~~, & ~~elle~~ l'adoucira certainement pour moi.

EUPOLIE.

Conſultez-vous bien, & ſongez à quoi vous
vous engagez ; c'eſt ſans retour, au moins.

GLICERIE.

Conſulter, Madame ?… Ah ! Ciel ! m'en croyez-
vous capable, quand il s'agit de mon pere ? …

E

Souffrez que je ne perde pas un inftant … j'i-
gnore quelles font ici les formalités ufitées pour
dévouer une perfonne libre à la fervitude ; mais
j'en attefte les Dieux, & je vous remets, Madame, pour garant cet anneau, gage précieux
d'un amour qui fit autrefois mon bonhéur ; c'eft
le feul bien que je veux conferver, en me don-
nant à vous.

EUPOLIE.

Vous le tenez fans doute du plus chéri de vos
amans.

GLICERIE, *d'un air fier*.

Madame, je le tiens ~~de mon époux … Que~~
fais je ! … excufez un refte de fierté.

EUPOLIE.

Je n'ai point cru vous offenfer. La jeuneffe
Athénienne eft, dit-on, libérale pour les jolies
Efclaves.

GLICERIE, *à part*.

Oh ! fervitude! à quels outrages tu m'expofes …
~~Madame, je l'ai toujours ignoré~~ ; le fage Arifte
qui fut mon unique maître, mon bienfaiteur & mon
époux.

EUPOLIE.

Par quel art aviez-vous donc captivé l'efprit
de ce Philofophe, jufqu'au point d'en obtenir,
non-feulement la liberté, mais encore fa main
& fes richeffes ?

GLICERIE.

En suivant de mon mieux ses leçons & ses exemples.

S C E N E   V I I I.

EUPOLIE, GLICERIE, EUCRATÉS.

EUCRATÉS, *après les avoir salués profondément, dit:*

MESDAMES, je ne veux point troubler vôtre entretien. [*à Eupolie*] Madame, c'est la veuve de mon ancien ami. [*à Glicérie*] Je vais vous attendre. [*il rentre.*].

S C E N E   I X.

EUPOLIE, GLICERIE.

EUPOLIE.

C'EST lui qui vous a donné l'hospitalité, que va-t-il dire, quand il vous verra mon esclave ?

GLICERIE.

Il me plaindra, Madame, & peut-être ne m'en estimera-t-il pas moins.

EUPOLIE.

Mais, eft - il bien vrai , que vous n'ayez jamais aimé qu'Arifte ? Veuve de fi bonne heure, vous pouviez écouter les vœux de quelqu'un de fes Difciples, digne de le remplacer ... Vous rougiffez.

GLICERIE.

Les fentimens fecrets d'une Efclave ne méritent pas vos attentions.

EUPOLIE.

Il m'importe de les connoître, Glicérie ; je vous ordonne de me déclarer fi votre cœur eft libre , & fi vous accepteriez avec plaifir un autre époux de ma main ... Nous recevons quelquefois des Etrangers, dont les loix permettent, comme dans Athènes, de pareilles alliances ... Peut-être un jour pourrions-nous ...

GLICERIE.

Non, Madame, je ne veux que vous fervir, & finir mes jours dans l'état où le Ciel vient de me remettre.

EUPOLIE.

Nous verrons ... Je vais vous renvoyer votre pere : fuivez vos généreux deffeins ... Donnez-lui tous les biens que vous a prodigués le fage Arifte ... ils vous feront inutiles déformais.

SCENE X.

GLICERIE, *seule.*

MON pere est libre, & je suis esclave ; trop cher Alcidonis, vous ne reverrez jamais votre Glicérie ! Ah ! de tous mes malheurs, c'est le plus cruel à soutenir.

SCENE XI.

GLICERIE, DAVE.

DAVE.

MADAME, vous voilà seule, triste & chancelante... Pourquoi ma sœur ne vous a-t-elle pas suivi ?... Si mes services...

GLICERIE.

Mon enfant, je n'en ai plus à recevoir... Mais ne sorts-tu pas de la maison d'Elatès ?

DAVE.

Oui, Madame, mon ancien Maître y demeure, & ma reconnoissance...

GLICERIE.

Quel est ce Maître ?

DAVE.

Malpefte , c'eft un jeune Seigneur fait au
tour , plein de graces , d'efprit & de talens ; le
plus honnête homme , le plus vrai , le plus bien-
faifant ; ah ! vous en feriez enchantée.

GLICERIE.

Son nom ?

DAVE.

Son nom ?... Chrifobule.

GLICERIE.

Sa Patrie ?

DAVE.

Sa Patrie ?.. Samos ... Ce qu'il y a de vrai ,
c'eft qu'il eft riche & très-aimable. Je fuis fon
Affranchi , ma fœur eft la vôtre ... Vous êtes à
marier l'un & l'autre ... Le beau couple , fi l'oc-
cafion & les Dieux vous uniffoient.

GLICERIE.

Va , mon enfant , j'ai bien d'autres foins &
d'autres devoirs ... Mon pere vient ... Palémon ,
je voudrois voir ici ta fœur , fans que le Seigneur Eucratès pût nous interrompre ...

DAVE, *à part.*

Je vais vous l'envoyer ... Comme elle le dé-
fole ... notre fiere Lacédémoniene l'aura fû-
rement brufquée ; mais mon Maître raccommo-
dera tout.

SCENE XII.

FRONTON, GLICERIE.

FRONTON, *en tunique & manteau long, les cheveux flottans.*

AH ma fille !

GLICERIE.

Ah ! mon pere !   [*Ils se tiennent embrassés.*]

FRONTON.

Nous allons donc enfin vivre heureux, & nous mourrons libres comme nous étions nés.

GLICERIE.

Fasse le Ciel que vos derniers jours soient aussi serains que le reste de votre vie fut penible !..

FRONTON.

Tu pleures, ma fille ?.. Ah ! l'excès de ma joie fait aussi couler mes larmes… Dieu puissant, de quelle faveur vous me comblez en un seul jour, après tant d'années d'une si dure servitude ?.. Oui, le plaisir de te retrouver, ma chere Glicerie, me touche autant que la liberté… Quel pere est plus heureux que moi ?.. Quelle fille est plus accomplie ? — Va, les Dieux qui récompenserent déja tes autres vertus, te payeront le prix du service que tu rends à ma vieillesse ..

Je n'ai plus déformais de vœux à leur offrir que
pour toi... .

GLICERIE.

Mon pere... votre confervation eft le plus
grand bien qu'ils puiffent m'accorder.

SCENE XIII.

GLICERIE, FRONTON, NERINE, DAVE.

NERINE.

AH, Madame! j'accours... on dit que vous
êtes toute en pleurs... Cette Lacédémoniene
vous a donc chagrinée?

GLICERIE.

Non, ma chere Nérine... elle m'a rendu mon
pere, que des Pirates avoient mis en fon pouvoir... [*Le pere & la fille s'embraffent encore.*]

NERINE, *à Dave.*

Tu me l'avois bien dit.

DAVE.

Oh! je dis toujours la vérité,.. quand je n'ai
pas de bonnes raifons pour mentir. [*Il fort.*]

GLICERIE.

Nérine, j'ai toujours compté fur ton amitié;

c'eſt aujourd'hui qu'il faut m'en donner la der-
nière & la plus forte marque.

NERINE.

Ordonnez, ma chere Maîtreſſe. Après tout ce
que je vous dois, il faudroit que je fuſſe bien
ingrate, pour ne pas vous chérir & vous obéir
en tout.

GLICERIE.

Ne parlons plus d'obéiſſance… Je veux remettre entre tes mains le dépôt le plus précieux… C'eſt mon pere, que je ſuis obligée de
confier à tes ſoins… [*à ſon pere avec attendriſſe-
ment.*] Prenez tout ce que j'apportai d'Athènes :
choiſiſſez-vous une retraite en quelque lieu de la
Grèce où vous puiſſiez vous faire un ſort heü-
reux… le Ciel ne me permet pas de vous y ſuivre, cette amie fidelle vous y rendra tous les
ſervices que vous pourriez attendre de votre fille
infortunée. Tu me le promets, ma chere Nérine.

NERINE.

Oui, Madame. je partagerai tous mes ſoins
entre le pere & la fille.

GLICERIE.

Hélas!.. je ſuis obligée de vous quitter…

FRONTON.

Quoi! ma fille, il faudroit nous ſéparer ?…
~~Ah! je n'aurai donc que la moitié du bonheur~~

~~dont je m'étois flatté~~,... *eh!* ~~mais~~ pourquoi ne puis-
je fuivre tes pas?.. Rougirois-tu des fers que j'ai
porté?.. Non, ton ame eft trop élevée pour fe
livrer à cette foibleffe... Ma fille, tu gémis....
Hélas!.. je vois que notre féparation eft nécef-
faire, & qu'elle t'afflige autant que moi; non, je
ne fuis pas né pour être heureux.

NERINE.

Non, Seigneur, non, ce deffein myftérieux
& funefte, que je ne comprends pas, ne s'exé-
cutera point ... nous reverrons Athènes, & vous
nous y fuivrez.

GLICERIE.

Tu te flattes d'un vain efpoir.

NERINE.

Quoi! Madame, vous prétendez nous abandonner tout votre bien & nous éloigner de vos
yeux? mais au moins devons-nous favoir quel
fera votre fort?

GLICERIE.

Non,.... mon pere, au nom des Dieux, confentez à l'ignorer.

FRONTON

Je ne puis m'y réfoudre.

NERINE.

J'aimerois mieux un nouvel efclavage,

FRONTON.

J'aimerois mieux la mort.

GLICERIE.

Ciel!... que vous déchirez mon ame, mon pere! permettez que je l'entretienne en secret... Comptez que mon amour n'exigera du vôtre que des sacrifices indispensables, & qu'ils me coûteront des regrets encore plus cuisans que les vôtres.

FRONTON.

Je m'en rapporte à ton cœur... Je vais dans un Temple solitaire de Jupiter, au-delà de l'Eurotas, remercier les Dieux, en les suppliant de mettre le comble à leurs bienfaits.

GLICERIE.

Nous irons vous y rejoindre.

SCENE XIV.

GLICERIE, NERINE.

GLICERIE.

Embrasse-moi, ma chere Nérine... Je vais te révéler un grand secret; mais il faut que tu jures de m'obéïr pour la derniere fois, & de le cacher à jamais à mon pere même, comme à tout le reste des hommes.

NERINE.

Je vous le jure, Madame, par Saturne & par tout le reste des Immortels.

GLICERIE.

Ma chere Nerine, prends ma place auprès de mon pere. Sois sa fille, son héritière, l'appui de sa vieillesse. Songes quelquefois à l'infortunée Glicérie... Je ne pourrai plus vous revoir.... Il ne faut pas l'espérer.... Je suis Esclave d'Eupolie... c'est à ce prix que mon pere est libre.

NERINE.

Qu'entends-je?... Vous Esclave?...non, Madame; c'est une illusion.

GLICERIE.

C'est une réalité... Songes à ton serment... Partez avant le coucher du Soleil.

NERINE.

Quoi! Madame! vous laisser ici en servitude? Croyez que Eupolie n'aura pas exigé sérieusement un pareil échange, il seroit indigne de la vertu Lacédémoniene... Le Seigneur Eucratès l'empécheroit, sans doute,... & vos amis d'Athènes employeroient plutôt tous leurs biens, pour vous en retirer... Le généreux Alcidonis qui vous adore, souffrira-t-il que vous portiez des fers?

GLICERIE.

Il l'ignorera, Nérine... tu l'as juré.

NERINE.

Il le sçaura, Madame, & je ne serai point parjure... Comptez que son amour impatient le fera voler sur vos pas, & qu'il vous délivrera du sort funeste où vous semblez vous abandonner sans horreur.

GLICERIE.

Cet espoir est une preuve de ton amitié, mais il est chimérique... Je ne serai plus digne d'Alcidonis... j'insiste sur ta promesse... ma chere Nérine, que mon fatal secret soit à jamais ignoré. [*Elle rentre chez Eucratès.*]

SCENE XV.

NERINE, *seule.*

C'EST, sans doute, un artifice ~~du Seigneur Alcidonis~~ *mais*... La raillerie me paroît un peu forte... Ma Maîtresse l'a pris le plus sérieusement du monde. Son ame est sensible, elle doit souffrir d'étranges combats... Il faut que ce jeu-là finisse.

SCENE XVI.

NERINE, DAVE.

DAVE.

A QUOI rêve-tu donc-là si sérieusement ? est-
ce à notre mariage ?

NERINE.

Non, mais à des folies, qui commencent à
m'inquietter & à me déplaire, parce qu'elles font
une impression trop cruelle sur l'ame de Glicérie... Quelle imagination d'exiger qu'elle se
rende esclave pour délivrer son bon homme de
pere!.. Est-ce de ton cerveau qu'est sorti cette
belle idée ?

DAVE.

Non, ma foi ... il faut que ce soit un tour de
cette Lacédémoniene. Par Hercule!.. il est bien
imaginé ... Je ne l'aurois pas cru si rusée ... Tu
peux te rassurer, mon enfant : vas, ne crains rien,
votre service ne sera pas fort rude ; nous sommes
bons maîtres, Alcidonis & moi. Nous vous trai-
terons avec humanité ; d'ailleurs, vous êtes aguer-
ris l'un & l'autre.

SCENE XVII.

EUCRATÉS & GLICERIE, *sortant de chez Eucratès*. NERINE, DAVE.

EUCRATÉS, *il montre la gauche.*

MADAME, voici le chemin qui conduit au Temple de Jupiter, au-delà de l'Eurotas.

GLICERIE.

Nérine, allons-y chercher mon pere.

DAVE.

Et moi je vais chercher mon Maître.... mais le voici, je crois qu'il nous épie.

SCENE XVIII.

ALCIDONIS, DAVE.

ALCIDONIS, *montrant la maison d'Eucratès.*

EST-ELLE partie? Ne pourra-t-elle pas me voir?

DAVE.

Ne craignez rien, Seigneur, elle va rejoindre son pere dans un Temple solitaire de Jupiter, au-delà de l'Eurotas; elle ne viendra faire

~~firement pas nous surprendre dans ce~~ facrifice,
où vous êtes attendu, elle a bien d'autres chofes
à penfer.

ALCIDONIS.

Mais, toi, ne vas-tu point encore avoir peur
de ces foldats?

DAVE.

Ne raillez pas tant, j'en ai vu là-bas une troupe
qui ne m'a pas trop raffuré ; mais je me tiendrai
derriere vous dans un coin, d'où je puiffe tout
voir fans me compromettre.

ALCIDONIS.

Sans te compromettre, c'eft bien dit, allons.

SECOND INTERMEDE.

Sacrifice & Couronnement.

ON voit entrer d'abord le détachement de Troupes
étrangeres, l'Officier & le tambour à la tête, puis une
Troupe de fifres & de clairons.

Une Troupe de Lacédémoniens & de Lacédémonienes
avancés en âge, en robe & manteau long, pourpre foncé,
Elatès & Eupolie à la tête. Quatre hommes & quatre
femmes, deux à deux. (notés fans bâton.).

Une Troupe de Lacédémoniens & Lacédémonienes de
moyen âge, en habit militaire, cafque & cuiraffe. Quatre
hommes & quatre femmes deux à deux.

Une

Une Troupe de jeunes Lacédémoniens & Lacédémoniènes en simples tuniques blanches, les cheveux flottans ; quatre hommes & quatre femmes, deux à deux ; une jeune Actrice, & un jeune Acteur à leur tête.

Deux Prêtresses en grands habits blancs, ornés de fleurs, des voiles & des couronnes de fleurs sur la tête, elles portent chacune une corbeille propre, mais simple sur-tout, sans or, ni argent, remplie de fruits & de fleurs.

Deux Soldats, gantés & précédés d'un Officier comme celui de la tête, portent chacun une couronne de laurier parée de rubans unis blancs & rouges.

Un détachement de quatre Soldats étrangers ferme la marche.

Toute cette Troupe fait trois fois le tour de la Place au son d'une musique martiale.

Les quatre Soldats de la queue se posent en faction au quatre coins de la Place.

La Troupe des plus âgés se place à droite, celle du moyen âge à gauche.

Entre les deux, au milieu, les deux Prêtresses : derriere elles, l'Officier & les deux Soldats portant les Couronnes.

Derriere les huit jeunes gens : au dernier rang, l'Officier, les quatre Soldats, le tambour & les fifres.

Après que chacun a pris sa place, Elatès sort du rang de la droite, & prenant par la main Alcidonis, il le place à la tête de la seconde bande qui occupe la gauche.

Après une pause, on joue un prélude majestueux. Elatès s'avance au milieu, entre les deux Prêtresses, elles élevent leurs corbeilles en l'air, & l'Ephore en soutient une de chaque main.

Les Prêtresses chantent.

Honneur aux Dieux , bonheur aux Rois ,
Amour de la justice , obéissance aux Loix.

Le Chœur répete.

Honneur , &c.

Après une pause , Elatès élevant le plus qu'il peut les
deux corbeilles soutenues par les Prêtresses, & les yeux au
Ciel , dit à très-haute voix :

» Dieux, vous savez ce qu'il nous faut.

Les Prêtresses chantent.

Honneur aux Dieux.

Le Chœur répete.

Honneur aux Dieux.

Elatès étendant les mains sur les deux corbeilles abaissées,
dit majestueusement : » Par ces dons offerts aux Immor-
» tels , nous jurons pour les deux Rois de Sparte le dé-
» vouement au bien public.

Les Prêtresses chantent.

Honneur aux Dieux , bonheur aux Rois.

Le Chœur répete.

Honneur aux Dieux , bonheur aux Rois.

Elatès, après une petite pause , les mains étendues de
même , dit : » Nous jurons pour les Magistrats de Sparte
» l'amour de la justice.

Les Prêtresses chantent.

Honneur aux Dieux , bonheur aux Rois ,
Amour de la justice , amour, amour, amour.

Le Chœur répete.

Honneur aux Dieux , bonheur aux Rois ,
Amour de la justice , amour, amour , amour.

Elatès, après un autre pause, dit de même : » Nous ju-
» rons pour tous, obéiffance aux Loix.

Les Prêtreffes chantent.
Honneur aux Dieux, bonheur aux Rois,
Amour de la juftice, obéiffance aux Loix.

Le Chœur répete.
Honneur aux Dieux, bonheur aux Rois ;
Amour de la juftice, obéiffance aux Loix.

Couronnement.

Après une affez grande paufe, on joue un Prélude
très-brillant.

Elatès fait figne à l'Officier & aux deux Soldats qui
portent les Couronnes, & ils viennent fur le devant.

Elatès dit à haute voix : approchez, Critias, approchez
Euclia.

Le plus jeune Acteur qui eft, *Critias*, & une jeune
Actrice qui eft, *Euclia*, viennent à Elatès, qui leur met
à chacun une Couronne fur la tête, en difant: » Heureux
» Enfans, Sparte vous couronne aujourd'hui, répondez à
» fes efpérances.

Les Prêtreffes chantent.
Heureux Enfans, foyez toute la vie
Couverts de gloire, & chers à la Patrie.

Le Chœur répete.
Couverts de gloire, & chers à la Patrie.

Elatès dit :
Honneur à ceux qui furent leurs Maîtres & leurs modèles.

Le Chœur chante.
Honneur, honneur, honneur, honneur.

Elatès prend par la main *Critias* & *Euclia*, qu'il va

préfenter à Alcidonis, en difant : » Généreux Alcidonis, » c'eft ainfi que nous excitons la jeuneffe.

   ALCIDONIS, *à Critias.*

Brave Critias, quel avantage eft attaché à cette Couronne ?

    CRITIAS.

De combattre le premier.

   ALCIDONIS, *à Euclia.*

Et à la vôtre, charmante Euclia ?

    EUCLIA.

De plaire au plus généreux.

  ALCIDONIS, *à Critias, touchant fon épée.*

Vos armes font bien courtes pour une bataille.

   CRITIAS, *fiérement.*

Nous en frappons de plus près.

   ALCIDONIS, *à Euclia.*

Ne plairiez-vous pas davantage fous une parure plus brillante ?

    EUCLIA.

Le mérite n'eft-il pas la plus belle des parures ?

   ALCIDONIS, *à Elatès.*

Ah ! Seigneur, tout ce que je vois, tout ce que j'entends ici ravit mon ame.

    ELATÉS.

Mon fils, c'eft qu'elle eft heureufement formée pour la vertu.

L'Ephore retourne à la Troupe des Vieillards, les deux jeunes perfonnes couronnées, à celle des jeunes Gens, & tous défilent dans le même ordre.

   Fin du fecond Acte.

ACTE III.

SCENE PREMIERE.

ALCIDONIS, DAVE.

ALCIDONIS, *à part.*

QUE les heures paffent lentement au gré de mon impatience!.. Oh vertu Spartiate, vous rendez encore plus chere à mon cœur l'incomparable Glicérie!... [*Dave le fuit.*] Généreufes Lacédémonienes, elle emportera vos fuffrages... Elle penfe auffi noblement que vous... plus délicatement, peut-être ... Eupolie connoît déja toute la candeur de fon ame, toute la grandeur de fon courage... [*en fe retournant, il apperçoit Dave.*] Ah! te voilà?

DAVE.

Oui, Seigneur, je vous admirois ainfi plongé dans une douce & profonde rêverie... Ma foi, fi nous reftions encore longtems ici, je crois que je deviendrois auffi, moi, comme une efpèce de Philofophe. Sçavez-vous que j'ai trouvé bien du bon dans tout ce que nous venons de voir &

d'entendre ?... La Fête est un peu sérieuse, il est vrai ; mais à tout prendre, elle m'a fait plaisir.

ALCIDONIS.

C'est beaucoup d'honneur, sans doute, pour la Ville de Lacédémone.

DAVE.

Vous n'avez que faire d'en railler, Seigneur. On peut, je crois, se piquer d'avoir un peu de goût, quand on a passé, comme moi, la plus grande partie de sa vie dans les plus élégantes maisons d'Athènes... J'ai trouvé fort à mon gré cette jeunesse alerte, ces danses & ces chants; mais sur-tout les deux Prêtresses... Pour vous, Seigneur, peut-étre n'avez-vous pas fait grande attention à tout cela. Vous n'avez dans la tête que votre amour philosophique... Il m'a semblé cependant que cette jeune Lacédémoniene qu'on a couronné, interrompoit un peu vos distractions.

ALCIDONIS.

Elle méritoit sans doute la couronne & mes attentions.

DAVE.

Par Hercule, ~~elle est gentillet~~... C'est bien fait, ~~au moins,~~ d'exciter ainsi la jeunesse par des honneurs publics... Dans votre Ville d'Athènes , que les enfans promettent ou ne promettent pas, qu'ils fe comportent bien ou mal , le Gouvernement s'en embarraffe comme de cela... & fouvent les parens eux-mêmes n'en font aucun compte... Combien de peres & de meres j'ai vu préférer & careffer les plus mauvais fujets, négliger ou vexer les meilleurs de leur familles ? C'eft l'inftinct qui les regle.

ALCIDONIS.

Il eft vrai que nous avons trop négligé l'inftitution publique ; nos Loix s'en rapportent aux Maîtres & aux Parens.

DAVE.

La confiance eft affez mal placée, comme vous voyez. Ces gens-ci font bien mieux que vous.

ALCIDONIS.

Te voilà donc tout-à-fait partifan des mœurs Lacédémoniennes ?

DAVE.

Pas encore tout-à-fait , Seigneur... Mon opinion, à moi, c'eft qu'il ne faut jamais outrer la matière en rien... Je trouve nos Spartiates un peu trop fauvages... mal logés , mal meublés , mal nourris... Oh , ces articles-là ne font pas de mon goût... Qu'ils foient braves, juftes, honnêtes... à la bonne heure... Je leur paffe même leur mauvaife monnoye de fer rouillé , doɩt il faut une pleine charette pour payer un cochon gras... A tout prendre, ce n'eſt pas l'argent qui me tente... je me réſoudrois volontiers à n'avoir pas le ſol toute ma vie... pourvu qu'il ne me manquât rien... Une maiſon honnête, un bon lit... les petites commodités de la vie, & ſurtout bonne chere, c'eſt mon ſyſtême, à moi... Enfin on peut être de fort honnêtes-gens avec tous ces petits agrémens-là.... Je trouve là-deſſus vos Athéniens encore plus ſupportables. Il eſt vrai qu'ils donnent dans l'autre excès, il leur faut de vaſtes Palais, des ameublemens ſomptueux, cent mille colifichets très-chers & très-inutiles, de grands repas & des mets ſophiſtiqués, enfin tout l'attirail du luxe & de la molleſſe... Vous trouvez cela ridicule, vous autres Philoſophes?

ALCIDONIS.

Oh! oui... cependant la mode ſubjugue même le ſage.

DAVE.

Nous autres Eſclaves du premier ordre, qui gouvernons, ſans vanité, le beau monde d'Athènes, nous trouvons cela merveilleux; nos élégans Seigneurs payent tout cet étalage faſtueux, & c'eſt nous qui en jouiſſons. Ils en ont l'honneur & nous le profit.

ALCIDONIS.

Ta réflexion n'eſt que trop juſte. Le luxe immodéré ne procure de bien réel qu'aux paraſites & aux valets de ceux qui mettent leur vanité dans la profuſion.

DAVE.

Mais laiſſons à part l'intérêt des Eſclaves; je me regarde, moi, comme un homme libre, puiſque votre union avec Glicérie n'eſt plus douteux.

ALCIDONIS.

Plût aux Dieux! . . . . Mais tandis que tu m'arrêtes ici par de vains diſcours, ne pourroit-elle pas nous ſurprendre... Voici l'heure de ſon retour... J'ai promis de me dérober ſoigneuſement à ſa vûe. Je veux que ſa ſeule vertu triomphe des préjugés Lacédémoniens; qu'Elatès lui-même & la fiere Eupolie ſe voient forcés d'approuver mon choix, & de reſpeéter l'objet de mon amour.

DAVE.

Vous ſçavez, ſans doute, le réſultat de leur dernier entretien ?

ALCIDONIS.

A peu-près, l'Ephore & ſon épouſe m'ont

paru l'un & l'autre pleins d'estime pour elle ; mais je crains qu'ils ne soient pas encore déterminés en faveur de cet hymen qui doit combler tous mes desirs. Ils ne s'expliquent point.

DAVE.

Vous serez content, Seigneur, c'est moi qui vous en réponds.

SCENE II.

DAVE, *seul.*

LE Seigneur Alcidonis ignore, sans douté, à quelle épreuve cette Lacédémoniene a mis sa chere Philosophe... J'ai fait très-sagement de ne pas l'en instruire... Sa vivacité bouleverseroit tout le stratagême... Il est bien conçu, ma foi... Je prends un plaisir singulier à voir quel en sera le succès... Cependant... il me vient une réflexion... Si au lieu d'un jeu, c'étoit une réalité ?... Malepeste, nous n'y trouverions pas notre compte, tous tant que nous sommes... Tout bien considéré, cela pourroit bien étre, & je ne serois qu'un sot... Ces Spartiates-là se mocquent de tout le reste de la Grèce, & sur-tout des Athéniens, qu'ils regardent comme des colifichets... &

dans le fonds, ils n'ont pas tort... Quant aux Efclaves, ils les déteſtent & les perſécutent par ſyſtême. Et cela n'eſt pas bien... S'il arrivoit donc... & pourquoi pas?... Vous verrez que j'aurois fait une ſottiſe de ne pas avertir mon Maître des conditions qu'on impoſe à Glicérie pour affranchir ſon pere... Pourquoi ces gens-là lui en ont-ils fait myſtère?... Cette diſcrétion m'eſt ſuſpecte... Nos amans en ſeront peut-être les dupes, & moi j'en ferois auſſi la victime... Par la mort!... Si le grave Elatès & ſa prude Eupolie nous faiſoient cette injure?... Mais, j'apperçois le bon homme Fronton... il connoît mieux que moi ſes anciens Patrons. Sachons ce qu'il en penſera... ſans cependant lui découvrir les ſecrets de mon Maître.

SCENE III.

FRONTON, DAVE.

DAVE

PERMETTEZ, Seigneur Fronton, que le frere de Nérine vous félicite de tout ſon cœur, d'avoir enfin recouvré votre liberté.

FRONTON.

Mon ami, c'eſt un grand plaiſir, ſur-tout que

d'en être redevable à la vertu d'une fille fi charmante.

D A V E.

N'étiez-vous pas enfemble au Temple de Jupiter, pourquoi vous a-t-elle quitté fi-tôt ?

F R O N T O N.

Elle ne tardera pas à me fuivre avec ta fœur,
Elle a voulu l'entretenir encore en fecret, &
je vais les attendre chez le Seigneur Eucratès.

D A V E.

Mais êtes-vous bien affuré que votre fille re-
vienne en effet avec Nérine ?

F R O N T O N.

Je l'efpere ; mais, mon ami,.. Pourquoi ce
doute?... vous m'effrayez ... Hélas !... ma
fille faifoit tous fes efforts pour me cacher fa
douleur & fes larmes... Elle a parlé de départ
& de féparation ... il femble que nous ne foyons
pas deftinés à vivre avec elle ... êtes-vous inf-
truit de ce fatal myftere, que je brûle de pénétrer ? Au nom des Dieux ne me cachez rien :
Vous voyez mon trouble & mon inquiétude...
c'eft ainfi que la peine accompagne toujours le
bonheur des foibles mortels.

D A V E.

Vous ignorez-donc à quel prix la généreufe

Glicérie obtient aujourd'hui votre liberté?

FRONTON.

Je n'ai pu l'apprendre ni d'Eupolie, ni de ma fille, ni de Nérine: Je les ai preffées toutes deux; mes inftances paroiffoient augmenter leurs chagrins, & c'eft ce qui caufe mon tourment. De grace, éclairciffez ce doute qui m'eft plus cruel que l'efclavage.

DAVE.

Oui, Seigneur, je crois qu'il faut vous en inf-truire : votre fille eft Efclave d'Eupolie ; c'eft à cette feule condition que vous êtes libre.

FRONTON.

Dieux terribles ! fille inconfidérée qu'avez-vous fait !.. Oh! deftin plein d'horreur !.. Non, non, ma Glicérie ne portera point des fers... Je ne veux point de cette liberté, plus affreufe pour moi que la mort... Voilà donc ce fatal fecret qu'elle vient de confier à ta fœur ... elles avoient efpéré de me le cacher... Je les vois ; allons confondre ces indignes projets,

Duverfor.

SCENE IV.

FRONTON, GLICERIE, NERINE, ~~DAVE~~.

FRONTON.

APPROCHEZ, fille imprudente, ceſſez d'en
impoſer à votre pere... Apprenez à le connoître... Avez-vous donc cru que je ferois aſſez
lâche pour fuir avec vos richeſſes, & vous laiſſer
ici dans la ſervitude ?

GLICERIE.

Qu'entens-je ? oh Ciel !

FRONTON.

Il n'eſt plus tems de feindre. Je ſçai quel prix
cette femme altiere exigeoit de vous, & quelle
rançon vous avez promis... mais n'eſpérez pas
que je conſente à cet échange déteſtable.

GLICERIE.

Oh mon pere !... qui donc a pu vous apprendre ?...

FRONTON.

C'eſt le frere de Nérine.

GLICERIE *à Nérine.*

C'eſt toi qui m'a trahie ?

DAVE.

Non, Madame..... Vous ſçavez que mon

ancien Maître Chrisobule de Samos......

GLICÉRIE, à Nevino.

Fortune ennemie, voilà le plus fenfible de tes coups!... Mon pere, au nom des Dieux, acceptez les biens que le Ciel vous envoie, il n'eft plus temps de les rejetter. Notre fort eft fixé d'une maniere irrévocable. Vous êtes libre & je fuis engagée.

FRONTON.

Ne t'en flatte pas... ou ta pitié cruelle n'aura fervi qu'à creufer mon tombeau... Je retourne vers Eupolie reprendre les fers qu'elle te prépare... Garde-toi de reparoître à fes yeux... remporte dans Athènes tous les biens du fage Arifte... Pars, je te l'ordonne... Obéis, ou tu verras mourir ton pere à tes yeux... un long efclavage n'a point affoibli dans mon ame la fermeté d'un Thrace. Le fort a pu m'opprimer; mais il n'a pas avili mon cœur... Non, je ne veux point être libre à ce prix... La fervitude ou la mort. C'eft à toi de choifir pour moi.

GLICERIE *à genoux.*

Mon pere, j'embraffe vos genoux, ne défefpérez point votre fille malheureufe. Confentez à fon bonheur... Les Dieux qui m'ont protégée dans Athènes, me feront encore propices dans Lacédémone. Quand j'aurai brifé vos fers, ils bri-

feront les miens une feconde fois… Il eft permis de compter fur leurs bontés quand on a
rempli les devoirs facrés de la nature. Songez
que fa Loi me l'a prefcrit, ce facrifice que votre
vertu condamne. Croyez, mon pere que j'y
trouve mon bonheur… Il ne tiendra qu'à vous
d'y trouver le vôtre… une plus grande réfif-
tance de votre part feroit inutile… elle empoi-
fonneroit le refte de ma vie, & fans doute, en
abrégeroit le cours.

FRONTON.

Levez-vous, Glicérie.

GLICERIE.

Mon pere ?

FRONTON.

Vous m'avez entendu. Je perfifte dans mon
refus.

NERINE.

Madame, le Seigneur Eucratès, notre hôte
s'avance vers vous.

FRONTON.

Eh bien, je vais implorer fon autorité contre
une pitié barbare qui m'outrage.

GLICERIE.

Il eft trop jufte pour me condamner.

SCENE

S C E N E V.

GLICERIE, EUCRATÉS, FRONTON,
NERINE, ~~DAVE.~~

FRONTON.

[*à sa fille.*]   [*à Eucratès.*]

Vous allez voir…. Seigneur, je reclame
votre secours, votre amitié pour le sage Ariste,
vos bontés pour son Epouse, qu'on veut réduire
sous vos yeux à l'esclavage.

EUCRATÉS.

Que me dites-vous? Oh Ciel!.. Madame,
vous ne devez point craindre un tel outrage…
L'équité règne dans Lacédémone…. Si vous
n'étiez pas ici sous la garde des Loix, vous y se-
riez sous la mienne.

GLICERIE.

Seigneur, connoissez nos malheurs & me pro-
curez le seul adoucissement que je desire. Faites
accepter à mon pere sa liberté que je viens d'a-
cheter, & tous les biens de mon Epoux, dont
vous êtes dépositaire.

FRONTON.

Que je la laisse à ma place dans la servitude!

EUCRATÉS.

Quel événement sinistre vous me faites entre-

G

voir ? Refpectable Glicérie , cet affranchi eft votre pere ?

GLICERIE.

Oui , Seigneur , & je venois ici pour offrir fa rançon à l'Ephore Elatès. Mais Eupolie a rejetté tout autre prix que moi-même ... Voyez fi je n'ai pas dû me donner fans balancer ... Le même jour , Seigneur , me réduifit autrefois avec mon pere , à la captivité. Affranchie par le fage Arifte , j'ai goûté vingt ans les douceurs d'une vie libre & tranquille , tandis que mon pere malheureux , gémiffoit fous le joug des Pirates inhumains ... Voyez fes cheveux blanchis par l'âge & les travaux ... Voyez fes mains défaillantes ... N'eft-il pas temps qu'il jouiffe à fon tour du repos & de la liberté !

FRONTON , *avec vivacité.*

Et c'eft cette même vieilleffe qui te condamne. Tu vois que la mort va bientôt finir toutes mes fouffrances. Qu'importe à mon fort quelques jours de plus ou de moins, paffés dans un efclavage que ma foibleffe rend néceffairement moins pénible , & qu'une longue habitude me rend encore plus fupportable ?... Mais ton âge, ton fexe, ton état, te feroient éprouver dans la fervitude un long & rigoureux fupplice ... Quand même je ferois affez lâche pour y confentir , la nature me permettroit-elle de recueillir le fruit de tes souffrances ?

EUCRATÉS.

Dieux ! quel combat de générofité... Non, les cœurs d'Elatès & d'Eupolie ne peuvent être infenfibles à cet héroïfme... Heureux pere... Fille refpectable... Vous m'avez pris pour arbitre... Je puis vous fatisfaire l'un & l'autre... Vous ferez libres... Sparte auroit trop à rougir de ne pas honorer des fentimens tels que les vôtres... Elatés vient avec fon Epoufe... votre caufe eft la mienne.

SCENE VI.

ELATÉS, EUPOLIE, EUCRATÉS GLICERIE, FRONTON, NERINE, DAVE.

GLICERIE, *à Eucratès.*

SEIGNEUR, je remets notre cause entre vos mains ; mais furtout que mon pere demeure libre.

EUCRATÉS, *à Eupolie.*

Madame, venez être témoin d'un combat qui doit intéreffer une ame auffi noble que la vôtre... [*à Elatès.*] Et vous, Seigneur, jugez en Magiftrat ce qui convient à l'honneur de Sparte.

ÉLATÉS.

Quel combat !

EUPOLIE.

Je le devine.

EUCRATÉS, *à Eupolie.*

Madame, vous avez affranchi le pere, & la fille s'eft offerte pour être votre efclave.

FRONTON.

Vous n'avez pas dû l'accepter... Ma liberté ne peut jamais être à ce prix... Je la refufe & je préfére la mort.

GLICERIE.

Madame, mon pere eft libre... votre parole eft facrée... ~~Nérine prendra foin de fes jours~~... Me voilà prête à vous fuivre.

EUPOLIE, *à Fronton.*

Je n'ai plus de droits fur vous... Glicérie m'appartient.

EUCRATÉS.

Quoi, Madame, vous auriez la cruauté?...

EUPOLIE, *à Eucratès.*

Seigneur, vous fçavez que les Loix nous dif-penfent de rendre compte à perfonne du fort de nos Efclaves.

EUCRATÉS, *à Elatès.*

Quoi! vous fouffrez...

ELATÉS.

Ami, vous fçavez les bornes de notre autorité.

EUCRATÉS, *avec dépit.*

Oui... Mais j'avois efpéré que dans la maifon du premier Magiftrat de Lacédémone la vertu feroit mieux traitée... Elatès, votre Eupolie devient en ce jour à mes yeux aufli vile que fon Efclave eft refpectable.

EUPOLIE.

Je devrois dédaigner de répondre à vos emportemens; mais je veux, Seigneur, me juftifier devant vous... Qu'exigez-vous de moi?...

EUCRATÉS.

Ce que j'exige?... La liberté de Glicérie.

EUPOLIE.

Mais fi cette Efclave n'eft plus en mon pouvoir... fi j'en ai déja difpofé; puis-je manquer à ma foi & rétracter une parole folemnellement jurée?

GLICERIE

Dieux immortels!... vous me réferviez ce dernier malheur.

EUPOLIE.

Oui, Seigneur... & c'eft pour lui procurer un ort plus doux... Vous fçavez que la fervitude eft honteufe & pénible dans Lacédémone. Un

G iij

jeune Etranger , plein de graces & de vertus.

GLICERIE.

Ah ! voilà le comble de l'outrage !

DAVE, *à Nérine.*

Ah je respire , c'est mon Maître.

GLICERIE.

[*avec vivacité , à Dave.*]   [*à Eupolie , à genoux.*]

Ton Maître   Madame , de grace , épargnez-moi cette opprobre... Je n'y pourrai survivre.

EUPOLIE.

Levez-vous , Glicérie ... Peut-être votre fort vous paroîtra-t-il , tout-à-l'heure , moins cruel... Dave , faites venir votre Maître ...

DAVE.

NÉRINE, *à Glicérie.*

Madame , ne vous affligez point , son Maître , c'est...

GLICERIE, *avec vivacité.*

Et vous, aussi Nérine ... Tout le monde me trahit ... Sage Eucratès , ne m'abandonnez pas... Oh mon pere !...

FRONTON.

Ah , ma fille ! à quelles douleurs t'expose ton amour pour un malheureux pere !

EUCRATÉS.

Voyez cet Etranger, peut-être, je le dis avec honte, peut-être fera-t-il plus généreux que ces Lacédémoniens.

GLICERIE, *à Eupolie, à genoux.*

Non, je ne puis m'y résoudre... Madame, j'embrasse encore vos genoux ... je suis résolue de ... J'expirerai plutôt à vos pieds.

SCENE VII. ET DERNIERE.

ELATÉS, EUPOLIE, EUCRATÉS, GLICERIE, FRONTON, ALCIDONIS, NERINE, DAVE.

ALCIDONIS, *à part.*

QUE vois-je! Grands Dieux!

EUPOLIE, *à Alcidonis.*

Seigneur, venez recevoir de ma main votre Glicérie.

GLICERIE, *à genoux, les deux mains sur le visage.*

Non, je ne serai pas à lui... Barbare, respecte ma douleur, ou crains mon désespoir.

EUPOLIE.

Ma fille, ce n'est point un Maître, c'est un Epoux que je vous offre.

G iv

GLICÉRIE.

Non, Madame, je ne puis accepter fa main,
ni lui donner mon cœur...

EUCRATÉS.

[*à Alcidonis qui fe trouble , & qui fait un vain
effort pour parler.*]
Jeune Etranger , vous êtes attendri.

FRONTON.

Ma fille , tu triomphe , je vois couler fes
larmes.

ALCIDONIS, *appuyé fur Dave.*

Le faififfement étouffe ma voix... Ah, Madame! ah , Glicérie !...

GLICÉRIE, *fe relevant avec vivacité.*

Quels fons frappent mon ôreille... Que vois-
je... Dieux !... Alcidonis !... Nérine, je me
meure... [*Elle tombe entre fes bras.*]

ELATÉS, *à Eupolie.*

A quelle rude épreuve vous les avez mis l'un
& l'autre.

EUPOLIE.

Ils me la pardonneront. C'eft le triomphe de
leur amour & de leur vertu.

ALCIDONIS, *à Eupolie.*

Vous êtes donc forcée d'approuver ma flâme?

EUPOLIE.

Oui, Seigneur , & vous, charmante Glicérie

voilà le Maître terrible que je vous ai destiné.

ALCIDONIS, *à Glicérie.*

Croyez que je n'ai point de part à ce cruel artifice. Vous êtes libre, Madame, Maîtresse de
votre sort & du mien, c'est de vous seul que
j'attends un aveu qui feroit tout mon bonheur.

GLICERIE.

Généreux Alcidonis, je ne crains pas de l'a-
vouer, il en coûte à mon cœur pour vous refuser ;
mais vous voyez l'état de mon pere & le mien...
Votre honneur m'est plus cher que mon amour...
Je ne suis pas digne de vous, & je veux vous
épargner une foiblesse, qui feroit ici, comme
dans Athènes, une tache à votre gloire.

ELATÉS.

Cet effort la rend encore plus estimable.

EUPOLIE.

Ma fille, la noblesse de vos sentimens, ap-
prouvée dans Sparte même, vaut bien, aux yeux
des Sages, la plus illustre origine.

EUCRATÉS, *à Fronton.*

Que signifient ces discours & ses nouveaux
transports?

FRONTON.

Je l'ignore, Seigneur. Mais plus je le regarde,
plus ses traits me rappellent... Ma fille, quel est
cet Etranger?

GLICERIE.

C'eſt le diſciple le plus chéri du ſage Ariſte,
Le fils du célébre Euribate.

FRONTON.

D'Euribate? qui commandoit la flotte Athé‑
nienne?.. Oui, c'eſt lui‑même dont la reſſem‑
blance m'avoit frappé... Seigneur, votre illuſtre
pere nous fut uni par les liens de la tendreſſe &
de l'hoſpitalité, dans les murs de Tinda. Mon
frere Liſſus mourut entre ſes bras, Ambaſſadeur
des Thraces auprès de votre République.

ALCIDONIS.

Ah, Seigneur, vous me comblez de joie...
[*en montrant ſon épée.*] ce glaive que j'héritai de
mon pere, eſt un préſent du ſage Liſſus. Euribate
l'obtint en échange du ſien, dans les premiers
jours d'une amitié qui dura juſqu'à leur mort.

FRONTON.

J'y reconnois, Seigneur, une des armes de
notre pere, la lame doit être marquée d'un char
d'or, à quatre Courſiers, & le nom de Pallas,
fils de Rictos, notre Ayeul, doit étre gravé ſur
la garde.

ALCIDONIS.

Oui, mon pere.... [*Il l'embraſſe.*]

EUCRATÉS.

Nous vîmes le Thrace Liſſus, Ambaſſadeur dans Athènes.

EUPOLIE, *à Alcidonis.*

Mon fils, les Dieux ne vous laiſſent rien à deſirer.

FRONTON.

Ma fille, je lis dans ton cœur. Le vertueux Alcidonis a ſçu le toucher depuis longtems.... [*à Eupolie.*] Madame, leur himen & notre bonheur feront votre ouvrage... [*il prend la main de Glicérie, qu'il préſente à Eupolie*].

EUPOLIE.

[*En joignant la main d'Alcidonis & celle de Glicérie.*] Vos cœurs étoient faits l'un pour l'autre.

ALCIDONIS, *à Eupolie.*

Vous conſentez enfin à ma félicité ?

GLICERIE, *lui donner la main*

Oui, Seigneur, puiſque ma naiſſance reconnue me permet de vous accepter pour Epoux, ſans vous expoſer à rougir.

ELATÉS.

Venez remercier les Dieux & prendre part à notre Fête.

DAVE, *ſe mettant au-devant de ceux qui ſortent.*

Meſdames, & vous Seigneur, je vous demande mille excuſes.., Mais on me promis la liberté avec la main de Nérine.

GLICERIE.

Quoi! n'eſt-tu pas ſon frere & l'Affranchi d'un Citoyen de Samos ?

DAVE.

Mille pardons, Madame... Hélas! ni l'un ni l'autre.

GLICERIE.

Tu m'avois donc trompée ?

DAVE.

Oui, Madame... pour ſervir le Seigneur Alcidonis, mon Maître... Mais quand je ſerai libre, je ne tromperai plus perſonne. Le menſonge & la fraude ne conviennent qu'aux Eſclaves.

ALCIDONIS.

Viens au Temple de Pallas, recevoir la liberté en préſence de tous les Spartiates.

DAVE.

Avec la main de Nérine... ſous le bon plaiſir de Madame.

GLICERIE.

J'y conſens.

NERINE.

A condition que tu ſeras ſage.

D A V E.

Sage ?… de reſte… Tu l'es bien devenue,
toi (à ce que tu dis, au moins,) pourquoi ne le
deviendrai-je pas auſſi ?

TROISIEME INTERMEDE.

Divertiſſement.

A P R È S le troiſieme Acte, les mêmes Troupes viennent comme dans le ſecond Intermede, pour le ſacrifice :
quand tout le monde eſt placée comme au ſecond Acte.

Après une pauſe, on joue un Prélude. La premiere
Troupe des perſonnes avancées en âge s'avance gravement au ſon d'une marche.

Un Vieillard chante.

Citoyens & Guerriers ; avec zèle & courage
On nous a vu remplir tous nos engagements ;
Nos ſens ſont affoiblis ; mais les glaces de l'âge
   N'altèrent point nos ſentimens.

Les Prêtreſſes chantent.

Que le bonheur & que la gloire
Accompagnent votre repos,
Qu'il dure autant que la mémoire
De vos vertus & vos travaux.

Le Chœur répete.

Que le bonheur, &c.

La Troupe danſe gravement. Après la danſe, les

Prêtreſſes reprennent: Que le bonheur, &c. & le Chœur
répete, puis la premiere Troupe reprend ſa place.

Après une pauſe, la ſeconde Troupe s'avance plus leſ-
tement, au ſon d'une entrée plus vive.

Un Guerrier chante.

Sparte nous a preſcrit le devoir glorieux
De maintenir ſes Loix & ſa puiſſance ;
Rien ne peut altérer ce dépôt précieux,
Tout notre ſang eſt prêt pour ſa défenſe.

Les Prétreſſes chantent.

Que le Dieu Mars rende vos armes
Terribles aux rivaux qui combattent nos droits,
Et que Pallas conſerve dans vos ames
Les ſentimens qui font régner les Loix.

Le Chœur répete.

La ſeconde Troupe danſe militairement.

Les Prétreſſes reprennent.

Que le Dieu Mars, & le Chœur répete.

Après quoi la ſeconde Troupe ſe remet à ſa place.

Enfin après une autre pauſe, la troiſieme Troupe des
jeunes Gens s'avance très-vivement au ſon d'une muſique
très-brillante.

Un Enfant chante.

Pendant le cours de notre enfance
Nous ſommes de l'Etat & l'amour & l'eſpoir ;
Nous connoiſſons la Loi de la reconnoiſſance,
Et nous brûlons déja de remplir ce devoir.

Les Prétreſſes chantent.

Que votre zèle, oh jeuneſſe chérie !

Par ſes progrès, vous rende tous les ans
Plus agréable à vos parens,
Et plus utile à la Patrie.

Les Enfans danſent très-leſtement, après leur danſe ;
les Prétreſſes reprennent & le Chœur répete.

Enfin, après les danſes, Elatès dit :

» Alcidonis, vous voyez qu'il y a auſſi des plaiſirs à
» Lacédémone. « Alcidonis répond » Seigneur, ma Gli-
» cérie vous a prouvé qu'il y a auſſi des vertus dans
» Athènes ».

F I N.

APPROBATION.

J'AI lû par ordre de Monseigneur le Vice-Chancelier une Comédie intitulée, Alcidonis, ou la Journée de Lacédémone, & je n'y ai rien trouvé qui doive en empêcher l'impreſſion. A Paris, ce 14 Février 1764.

COQUELEY DE CHAUSSE-PIERRE.

EXTRAIT DU PRIVILEGE DU ROI.

LOUIS, par la grace de Dieu, &c. Notre amé, le Sieur LONVAY, Nous ayant fait expoſer qu'il déſireroit faire imprimer & donner au Public, une Piece intitulée, Alcidonis, Comédie, &c. A CES CAUSES, voulant favorablement traiter ledit Expoſant, Nous lui avons permis & permettons par ces Préſentes, de faire imprimer, faire vendre & débiter ledit Ouvrage pendant l'eſpace de trois années conſécutives, à compter du jour de la date des Préſentes. Faiſons défenſes à tous Libraires, Imprimeurs, &c. d'en introduire d'Impreſſion étrangeres, dans aucun lieu de notre obéiſſance. A la charge que ces Préſentes feront enregiſtrées, &c. & qu'après la permiſſion dudit Ouvrage, il en ſera remis un exemplaire dans notre Bibliotheque publique, &c. Voulons qu'à la copie des Préſentes, foi ſoit ajoutée comme à l'original. Commandons au premier Notre Huiſſier ou Sergent, &c. Car tel eſt notre plaiſir, donné à Paris, le ſeiziéme jour du mois de Mars 1768, & de notre Regne, le cinquante-troiſiéme. Par le Roi en ſon Conſeil.

Signé, LEBEGUE.

Regiſtré ſur le Regiſtre XVII. de la Chambre Royale & Syndicale des Libraires, Imprimeurs de Paris, N° 428. fol. 485. conformément aux Réglemens de 1723. A Paris, ce 18 Mars, 1768.

GANEAU, Syndic.

9 782019 289218